AF130191

TANJA KRAUS

Kinder des Lichts.

Die Rückkehr der Weisheit.

BoD, Norderstedt

© 2015 Tanja Kraus

Illustration der Eule: © mishkom/istockphoto
Illustration des Coverhintergrunds: © DavidMSchrader/istockphoto
Korrektorat: Katja Wetzel
ISBN 978-3-7386-2970-5

Herstellung und Verlag: BoD – Books on Demand, Norderstedt

Für alle Kinder des Lichts,
in allumfassender
Liebe und Verbundenheit
unserer ewigen Natur.

Von Feenstaub und großen Träumen.

„Hm, ist das heute wieder langweilig", seufzte die kleine Fee Amy, die wie jeden Mittag in Mimis samtweicher Blüte saß und widerwillig den Feenstaub aus ihren hauchdünnen Flügelchen bürstete. Das reflektierende Licht der tief am Horizont stehenden Sonne ließ die Oberfläche ihrer Feenflügel wunderschön wie schillernde Opale glitzern, was Amy in ihrer missmutigen Stimmung gar nicht bemerkte. „Wieder einmal nichts los hier! Alles ist wie gestern und auch vorgestern. Und wenn nicht endlich irgendetwas Aufregendes hier geschieht, wird mein Leben auch morgen, übermorgen und über übermorgen noch genauso langweilig sein wie jetzt!", klagte die kleine Fee unglücklich.

„Also, wenn ich beim Fliegen nur nicht mehr so viel Feenstaub verlieren würde, dann müsste ich meine Flügelchen auch nicht mehr jeden Tag abnehmen, um sie zu putzen! Ja, warum muss man Flügel eigentlich ständig polieren bis sie glänzen? Schließlich sind sie doch zum Fliegen da – oder etwa nicht?", wütete der angestaute Ärger in Amys Innerem weiter. „Ach, und wenn schon, was würde ich denn sonst noch den ganzen lieben langen Tag über tun, neben meiner Aufgabe, mich um Mimi meine Blume zu kümmern, in endlosen Tagträumen das zu erleben, was ich mir wirklich wünsche und hier und da ein wenig herumzufliegen, um ein Schwätzchen zu halten?", lachte die kleine Fee bitter auf.

„Guten Tag, Frau Spinne, wie geht es Ihnen heute? Oh, Ihr Netz ist Ihnen ja wieder ganz besonders schön gelungen. Herr Specht, Frau Meise stets zu Ihren Diensten. Wie geht es denn den Kindern und Ihrer Gesundheit? Nein, jetzt ist endgültig Schluss mit diesem tristen Dasein!", schüttelte Amy entschieden ihren blonden Lockenkopf. „Das ist noch lange nicht alles in meinem Feenleben gewesen! Klar bin ich gerne mit meiner Familie und meinen Freunden zusammen, doch sie verstehen einfach nicht, dass es da draußen etwas für mich zu tun gibt! Etwas, das größer ist als ich ruft tief in mir nach Entfaltung, doch ich weiß nicht, wie und was ich anstellen soll, um meine Gaben wohlbringend in dieser Welt zum Ausdruck zu bringen. Hier, wo ich bin, werden meine Fähigkeiten doch gar nicht gebraucht. Wenn das so weitergeht ersticke ich noch an dieser begrenzenden Enge der Alltäglichkeit", brach nun die pure Verzweiflung aus der kleinen Fee hervor.

Niemand in Amys Umgebung konnte sich ihr rastloses, unruhiges Wesen erklären, geschweige denn ihre eigenwilligen Gedanken und Wünsche verstehen. Es war unüblich für eine Blumenfee über sich und die Welt nachzugrübeln, ungestüm aufzubrausen und scheinbar endlos in Tagträumen oder melancholischen Stimmungen zu versinken. Feen ihrer Gattung galten in der Regel als unbekümmerte, verspielte Geschöpfe, die sich mit aller Hingabe liebevoll der Obhut der Lebewesen widmeten, die sie mit ihren ureigenen Fähigkeiten bestmöglich bedingten. Allerdings wandelte sich diese herzliche Offenheit, sobald ihnen Ungerechtigkeit begegnete. Denn die Verletzung eines Geschöpfes der Natur verstanden weder Feen, noch andere Elementare als Spaß.

Ohne Flügel wirkte Amys zierliche Gestalt geradezu zerbrechlich. Das blond gelockte, schulterlange Haar umspielte sanft ihre feinen Gesichtszüge. Dennoch waren es ihre klaren, offen dreinblickenden, blauen Augen, deren Güte eine magische Anziehungskraft verströmte. Seit ihrer Geburt umfing Amy der goldene Schimmer der Weisheit, der je nach Gemütslage mal heller mal schwächer um ihren Körper herum zu erkennen war. Denn trotz dem Schatz an Weisheit, über den die kleine Fee völlig natürlich verfügte, galt es für sie zu lernen, ihr ungestümes Temperament in bewusstem Einklang mit ihrem gesamtem Wesen beständig ausbalancieren zu lernen, um sich in dieser Welt dienlich zum Ausdruck bringen zu können.

Wie allen Feen war es auch Amy möglich intuitiv das gesamte Wesen eines Geschöpfes zu erfassen. Doch die Fähigkeit mit vereintem Herz im Geist und Herzen eines anderen, wie in einem offenen Buch zu lesen, gleichgültig ob sich dieses, unmittelbar vor oder aber meilenweit entfernt von ihr befand, brachte eine bedeutsame Verantwortung mit sich. Denn dem feinfühligen Gespür der kleinen Fee offenbarten sich natürlich nicht nur die Freuden und das Glück der Anderen, sondern ebenso deren verborgene Sorgen und körperliche Leiden. Und genau aus diesem allumfassenden Verständnis war in Amy tiefes, aufrichtiges Mitgefühl erwachsen, das eine schier unstillbare Sehnsucht in ihrem Herzen entfacht hatte, hinaus in die weite Welt zu ziehen, um anderen mit ihren natürlichen Fähigkeiten auf ihrem Wege behilflich zu sein. Denn seit sie denken konnte träumte die kleine Fee von einer friedvoll vereinten Welt.

„Na endlich, gleich habe ich es geschafft", lächelte Amy erleichtert und begann vor Freude zu singen:

Ich bin die kleine
Blumenfee
die spüren kann
der Herzen weh
geboren bin ich
um zu helfen
nicht nur zum Tanzen
mit den Elfen.

Hab Träume weiter
wie das Meer
und Sehnsucht die
mich treibt umher
entdecken möcht

ich diese Welt
die Erde und das
Himmelszelt.

Ich möchte neue
Wege finden
und dabei Grenzen
überwinden
die Menschen haben
mich berührt
ich wünscht es mich
zu ihnen führt.

Amys stete, universelle Verbundenheit mit ihrem rein-geistigen Wesen ließ sie die Welt transzendent in ihrer ursprünglichen Gesamtheit erfassen. Diese Wahrnehmung war etwas Kostbares und nicht nur für sie alleine da, das wusste die kleine Fee ganz genau. Und da niemand in ih-rer Umgebung von ihren inneren Schätzen Notiz nahm, bestärkte sie gerade diese äußerlich erfahrene Ignoranz, der Weisheit ihres Herzens vollkommen zu vertrauen, auch wenn dies für sie bedeutete, ihr wohlbehütetes Leben gänzlich hinter sich zu lassen.

„Also muss ich doch an einem anderen Ort gebraucht werden. Denn sonst wäre ich doch nicht so wie ich bin", schweiften Amys Gedanken erneut in die ferne Welt der Menschenkinder, die sie magisch anzog, gleichwohl sie diese nur aus ihren Träumen kannte.

Wenn Amy nicht gerade von einer besseren Welt träumte, flog sie in ihrer Fantasie am liebsten hinaus in die endlose Weite des offenen Meers. Jauchzend vor Glück stürzte sie sich in die tosende Brandung, auf deren Wellen sie sich sorglos von einer zur Nächsten treiben ließ. Immer weiter und weiter schaukelte sie das Wasser, bis am Ende Himmel und Meer untrennbar zu einer einzigen Einheit miteinander verschmolzen. Die kleine Fee liebte die dunkle, geheimnisvolle Tiefe und Wildheit des Wassers wie auch dessen gegenteilige Stille und Klarheit, deren kraftvoller Sanftmut selbst das härteste Gestein, auf Dauer nicht widerstehen konnte.

Zurück in ihrem alltäglichen Leben tanzte Amy, anstatt über das Meer, leidenschaftlich gerne über die Oberfläche des kleinen Baches, der sich in unmittelbarer Nähe ihrer Blume Mimi, die sie aufrichtig liebte, befand. Wenn sie nicht gerade mit ihren Freunden gemeinsam am Ufer saß, wo sie sich ausgelassen die neuesten Geschichten erzählten, versteckte sich die kleine Fee gerne im weichen, grünen Moos am Ufer der Böschung, von wo aus sie neugierig den Erzählungen der stetig vorüberplätschernden Wassertropfen lauschte. Denn da es für Amy völlig natürlich war, bewusst vereint mit ihrem Verstand und Herzen zu denken und zu fühlen, wusste sie ebenso das Murmeln des Wassers, das Rauschen der Luft, die allgegenwärtige Weisheit des Lichts, das Knistern der Flammen und das nährende Pulsieren der Erde mit spielerischer Leichtigkeit zu deuten.

Wohlig behütet in den Armen von Mutter Natur sehnte sich Amy danach, die vielen Wunder dieser Erde zu entdecken. Erleuchtend sollten sie die hellsten Strahlen der Sonne zu ihrem wahren Bestimmungsort führen. Mit dem Äther als kosmischem Kompass würde die erneuernde, lebenspendende Kraft des Feuers ihren Weg ebenen, dessen Herausforderungen sie mit allen Aspekten der Liebe, ihrem offenen Mitgefühl, unbändiger Freude, einem starken Willen, Geduld, Glaube, Vertrauen, spielerischer Leichtigkeit und Ausdauer begegnen wollte. Vom Wandel bringenden Wind getragen und vertrauensvoll von der Weisheit des Wassers geleitet würde sie furchtlos ihrem Herzen in ferne Länder und Welten folgen. „Ja, so würde es sein", lächelte die kleine Fee zufrieden in sich hinein.

So manches Mal kam wegen Amys Tagträumerei sogar die Pflege ihrer Blume ein wenig zu kurz. Doch Mimi war freundlich und bescheiden. Niemals hatte sie sich über die kleine Fee beklagt, ganz im Gegenteil freute sie sich stets auf die neuesten, spannenden Abenteuer, die ihre einmalige Hüterin so lebhaft erzählte als wären sie tatsächlich geschehen. Denn im Träumen und Erzählen fand Amy einen wohltuenden Ausgleich ihrer mangelnden Ausdrucksmöglichkeiten. „Wir sind schon ein tolles Team, meine Blume und ich. Und als Blumenfee für eine Blume zu sorgen ist wirklich eine schöne Aufgabe, die mir obendrein genug Freiheit lässt, das zu tun, wonach mir gerade der Sinn steht", strich Amy liebevoll über Mimis samtweichen, goldgelben Blütenkelch.

„Ein spannendes Abenteuer erleben, das wäre jetzt was! Doch wie sollte sich hier jemals etwas ändern?", kehrte augenblicklich Amys rastloser Unmut zurück. Zum einen trug sie ja auch Verantwortung für Mimi und wie sollte sie überhaupt jemals in die fremde Welt der Menschenkinder gelangen? Denn außer in ihren Tagträumen war ihr noch niemals leibhaftig ein menschliches Wesen begegnet. „Wo verstecken sie sich nur? Schließlich leben wir doch alle auf der gleichen Erde, oder etwa nicht?", sprang Amy mit klopfenden Herzen auf, während das ruhelose Gefühl, nicht das zu tun, wofür sie wahrhaft bestimmt war, erneut mit ganzer Kraft von ihr Besitz ergriff.

„Wer bist du und was willst du von mir?", schrie die kleine Fee hilflos in die friedvolle Stille des strahlend blauen Sommerhimmels hinaus. „Du da oben hast doch die ganze Welt erschaffen, oder bist du vielleicht gerade hier unten? Ach nein, du bist ja überall", rollte Amy kopfschüttelnd ihre Augen. „Eigentlich ist es ja auch egal, wo du gerade bist, denn verstehen kannst du mich doch sowieso immer. Also, weißt du was? Ich habe diese ewige Warterei endgültig satt! Wenn du wirklich so mächtig bist kannst du ja wohl auch dafür sorgen, dass ich das Abenteuer, meine Bestimmung zu finden, jetzt endlich auch erleben darf, oder ist das etwa zu viel verlangt? Ich jedenfalls bin für alles bereit", rief die kleine Fee im Brustton der Überzeugung.

Beste Freunde helfen immer.

Doch anstelle einer Antwort, hörte Amy nur das Surren einer dicken Hummel, die unbeirrt von ihrem Gezeter an ihr vorüber brummte. „Wie immer", schnaubte die kleine Fee ungehalten. „Um alles muss man sich selbst kümmern!", stampfte sie blindlings mit dem Fuß auf. „Autsch", ertönte Mimis quietschendes Stimmchen. „Oh, tut mir leid, Mimi, du kannst ja auch nichts dafür! Das war gedankenlos, bitte verzeih mir", stammelte Amy erschrocken. Und wie immer, wenn die Unzufriedenheit der kleinen Fee ihren absoluten Höhepunkt erreichte, zog sie sich in sich zurück. „Komm, lass uns träumen, Mimi! Das bringt uns wieder auf andere Gedanken. Es ist zwar nicht dasselbe wie echte Abenteuer erleben, aber immer noch besser als sich zu ärgern und dabei gedankenloses Unheil anzurichten", zuckte Amy ergeben mit ihren Schultern, bevor sie sich rücklings in die weiche Mitte Mimis weit geöffneter, strahlend gelber Blüte fallen ließ und augenblicklich in ihren inneren Bildern versank.

„Hey, was ist denn das für ein Geschrei hier?", piepste es plötzlich von unten. „Genau! Randale während der Mittagszeit! Das kann nur eine sein!", riss Amy das fröhliche Tschilpen ihrer besten Freunde jäh aus ihrer inneren Welt.

„Emma, Fritz, wo kommt ihr denn auf einmal her?", linste die kleine Fee freudig überrascht zwischen den samtigen Blütenblättern hindurch und ertappte Emma, das kleine Rotkehlchen und Fritz, den kleinen, schwarzen Amselrich geradewegs dabei, wie diese leise mit Mimi tuschelten. „Hey, habt ihr drei etwa Geheimnisse vor mir?", fragte die kleine Fee neugierig. „Wer weiß das schon?", zwitscherte Emma unbekümmert, während sich Fritz und Mimi einen heimlichen Blick zuwarfen.

„Zieh deine Flügelchen an und komm mit uns. Hanne wartet schon mit Flossi unten am Fluss", tschilpte der kleine, schwarze Amselrich vergnügt. „Das würde ich ja gerne, aber das geht jetzt nicht. Ich muss erst noch Mimis Blätter kitzeln, damit sie weiter so schön wachsen kann", antwortete Amy – ganz die pflichtbewusste Blumenfee. „Geh schon, Amy, mach dir um mich keine Sorgen! Ich komme schon zurecht! Und versprich mir bitte immer daran zu denken", antwortete die sonnengelbe Blüte liebevoll. „Okay, Mimi, dann holen wir das eben später nach", streifte sich die kleine Fee hastig ihre Feenflügel über, wobei ihr der bedeutungsvolle Ton in Mimis Stimme völlig entging. Mit den Gedanken bereits am Flussufer spreizte Amy ihre Flügel, küsste beschwingt Mimis Blüte und schwebte anmutig zu ihren Freunden hinab.

„Toll, dass ihr da seid", strahlte Amy über das ganze Gesicht. „Ich hatte schon wieder richtig schlechte Laune, weil ich so verzweifelt war", gab die kleine Fee offen zu.

„Was glaubst du eigentlich, warum wir hier sind? Das haben wir sogar bis in den Wald gehört. Und darum helfen beste Freunde immer!", plusterte das kleine Rotkehlchen ihr feuerrotes Brustgefieder auf. „Komm, lasst uns losfliegen. Wir haben nämlich eine Krisensitzung einberufen", piepste der kleine, schwarze Amselrich mit ernster Miene. „Eine Krisensitzung wer, wie, wo, was ist denn los?", zog die kleine Fee verständnislos ihre Augenbrauen zusammen, wobei sich eine nachdenkliche Falte auf ihrer Stirn bildete.

„Weißt du etwas darüber, Mimi?", strich Amy zärtlich über eines ihrer samtweichen, gelben Blätter. „Du bist ja immer noch da, Amy! Willst du hier etwa Wurzeln schlagen genau wie ich?", neckte sie ihr Zögling, anstelle ihre Frage zu beantworten. „Flieg los, kleine Fee und finde es heraus. Und versprich mir erst dann wiederzukommen, wenn es etwas Aufregendes zu erzählen gibt", bog Mimi ihren goldenen Blütenkelch unvermittelt nach vorne, wobei ihre zarten Blütenblätter die in der Luft schwebende, kleine Fee sanft umschlangen. „Hey, willst du mich etwa fressen? Das kitzelt, Mimi", kicherte Amy, worauf diese lachend zurückschwang. „Bis später, Mimi", rief ihr die kleine Fee ausgelassen zu und ehe es sich die drei versahen nahm sie auch schon Kurs auf ihr Geheimversteck.

„Hey, wo bleibt ihr denn? Ich dachte es gäbe eine Krisensitzung? Macht ihr etwa vorher erst noch ein Mittagsschläfchen?", tönte Amys Stimme aus der Ferne zu ihnen hinüber. „Flieg schon mal vor, Amy, wir kommen gleich", tschilpte der kleine, schwarze Amselrich lauthals, worauf die kleine Fee sorglos weiterflog.

„Ihr müsst ihr wirklich helfen, egal wie, liebe Freunde!", wandte sich die sonnengelbe Blume eindringlich an Fritz und Emma. „So geht das einfach nicht weiter mit ihr. Sie ist so unglücklich, weil sie sich nicht zu helfen weiß. Helft ihr das zu finden, was sie wissen muss, um dorthin zu gelangen, wofür sie bestimmt ist. Ich komme schon zurecht. Bitte macht ihr das deutlich. Isabella, die kleine, rothaarige Fee, die den Weißklee, betreut wird während ihrer Abwesenheit gut für mich sorgen. Amy hat absolut recht, ihr Lieben. Sie hat eine Aufgabe, die sie erfüllen muss, sonst wird sie ihres Lebens nicht froh, das spüre ich mit jeder Faser meines Seins. Helft ihr dabei, ihren Weg zu finden und kehrt erst dann wieder mit meiner großen, kleinen Heldin zurück, wenn die Zeit dafür gekommen ist", drängte Mimi das kleine Rotkehlchen und den kleinen, schwarzen Amselrich bestimmt zum Aufbruch.

„Versprochen, Mimi. Das machen wir! Wofür sind beste Freunde schließlich da?! Wir gehen gemeinsam mit ihr, egal wohin, das haben wir bereits beschlossen", nickten Emma und Fritz entschieden. „Und denkt daran, was auch immer geschieht, lasst sie auf keinen Fall wegen mir umkehren, versprochen?", schwenkte Mimi nachdrücklich ihre wunderschönen, sonnengelben, Blätter in dessen Kelch ihr goldgelber Stempel glänzte. „Wie ihr seht bin ich im besten Zustand und so bleibt es auch. Ich lasse mir doch nicht das spannendste aller Abenteuer meiner einzigartigen, kleinen Hüterin entgehen", quietschte die herzensgute Blüte mit ihrem hellen Stimmchen.

„Und jetzt fliegt los, damit sie keinen Verdacht schöpft", beendete die gutmütige Blume ihre Unterhaltung. „Mimi, wir versprechen dir alles in unserer Macht stehende zu tun, um Amy zu helfen. Aber du kennst sie ja selbst am allerbesten. Sie hat nun mal ihren eigenen Kopf, und gegen den ist selbst der stärkste Fels nichts weiter, als ein im Wind schwingender Grashalm", tschilpte Fritz. „Mach`s gut, Mimi und pass gut auf dich auf", schmiegten der kleine, schwarze Amselrich und das kleine Rotkehlchen für einen Augenblick ihre Köpfe an Mimis Stängel, die ihnen mit ihren Blütenblättern sanft über die Federn strich, bevor die beiden behände zur Seite hopsten und ohne zurückzublicken wortlos zum Fluss hinunter flogen.

„Was ist denn mit euch passiert? Habt ihr auf dem Weg hierher erst noch ein paar Würmer verspeist? Hanne, Flossi und ich wollten gerade einen Suchtrupp nach euch ausschicken", schüttelte Amy lachend ihren völlig zerzausten blonden Lockenkopf. „Manchmal dauert es eben länger", zwinkerte Emma lächelnd ihren gemeinsamen Freunden zu. „Ach ja, was sollte eigentlich das Gefasel von einer Krisensitzung? Wolltet ihr etwa Mimi beeindrucken, damit ich meine tägliche Arbeit noch ein bisschen aufschieben kann?", kicherte Amy belustigt. „Ihr wisst doch, dass man mit Mimi über alles reden kann. Sie versteht immer alles, diese wundervolle, kluge Blume", leuchteten Amys Augen voller Liebe und Achtung für das bezaubernde Geschöpf, dessen sie sich freiwillig angenommen hatte.

Währenddessen hatten sich Fritz und Emma direkt neben Amy am Flussufer im weichen, dunkelgrünen Moos niedergelassen. Unmittelbar neben der kleinen Fee kaute die Igelin Hanne genüsslich an einer roten Walderdbeere. „Also, Amy, die Krisensitzung gibt es wirklich und zwar hier und jetzt", schmatzte die kleine Igelin mit vollen Backen, wobei sie Amy aufmerksam aus ihren leuchtend blauen Augen betrachtete. Auch Flossi, der gelb-orange gestreifte Goldfisch, der seinen Kopf vor ihnen aus dem Wasser streckte, linste mit seinen großen, hellblauen Augen gespannt über den Rand seiner dicken, braunen Hornbrille. Nun waren sie endlich vollzählig versammelt. Die Krisensitzung konnte also beginnen.

„Ähm, die Krisensitzung ist hiermit eröffnet!", räusperte sich der bebrillte Goldfisch. Wortlos blickte die kleine Fee in die ernst dreinschauenden Gesichter ihrer Freunde. „Ja, Amy, wir haben dich in den letzten Tagen genau beobachtet und sind allesamt zu der Einsicht gelangt, dass es so nicht weitergehen kann", sagte Flossi ruhig. „Wir verstehen selbst nicht, was dich antreibt etwas zu tun oder zu werden, um du selbst zu sein. Aber ganz gleich, was es auch immer ist, scheint dies für dich und dein Leben so wichtig zu sein, dass wir gemeinsam beschlossen haben, dich auf der herausfordernden Suche nach dir selbst zu begleiten."

„Genau", nickte Hanne zustimmend. „Wir wollen dir dabei helfen, dorthin zu gelangen, wo du deine Fähigkeiten wohlbringend entfalten und einbringen kannst, damit du glücklich bist, Amy. Aber da keiner von uns weiß, wie genau das gehen und wo immer das sein könnte, haben wir uns mächtig angestrengt, herauszufinden, wer dir womöglich dabei weiterhelfen könnte", schmunzelte die kleine Igelin geheimnisvoll.

„Und so sind wir bei unseren Nachforschungen auf Gorki, der Hüterin der Weisheit, die im sagenumwobenen Baum der Wünsche lebt, gestoßen, zu der wir jetzt gemeinsam aufbrechen, Amy. Denn wenn jemand in der Lage ist, dir dabei zu helfen, dass zu finden, wonach du suchst, dann sie", piepste das kleine Rotkehlchen überzeugt. Sprachlos vor Staunen starrte Amy ihre Freunde an. Dies war wahrlich ein ganz besonderer Moment, denn keiner von ihnen hatte es jemals zuvor erlebt, dass Amy die Worte fehlten. „Wir kommen natürlich mit", piepste Fritz sofort, um die kleine Fee zu beruhigen. „Und Mimi wird während deiner Abwesenheit von der entzückenden, rothaarigen Fee Isabella, die den Weißklee versorgt, betreut. Es bleiben dir also weder eine Ausrede noch die Wahl", räumte der kleine, schwarze Amselrich sogleich alle möglichen Ausflüchte beiseite.

„Aha, darum habt ihr also vorhin mit Mimi getuschelt. Es kommt doch immer alles ans Licht", bedachte die kleine Fee Fritz und Emma mit einem gespielt strengen Blick, worauf sie allesamt in schallendes Gelächter ausbrachen. Aufgeregt sprang die kleine Fee umher und rief:

Von Herzen
seid ihr so geliebt
womit hab ich
euch nur verdient
steht immer helfend
mir zur Seite
doch zieht es euch
auch in die Weite?

Auf keinen Fall
darf einer leiden
oder sich gar
dafür entscheiden
Vertrautes hinter
sich zu lassen
um meinem Wunsch
sich anzupassen.

Verratet mir wo
steht der Baum
der mir erfüllt
den Lebenstraum
ein neuer Anfang
jetzt beginnt
der zeigt mir was
für mich bestimmt.

Nun war Amy nicht mehr zu halten. „Ich bin euch so dankbar, meine lieben Freunde, dass ihr an meiner Seite steht, um mir dabei zu helfen, herauszufinden, was es in diesem Leben für mich zu tun gibt", stammelte die kleine Fee tief berührt. „Doch ich möchte auf keinen Fall, dass ihr meinetwegen in eine Richtung geht, die nicht auch wirklich euren eigenen Wünschen entspricht. Ich weiß doch, dass diese Menschengeschichte für euch sonderbar ist, dennoch zieht es mich zu ihnen, auch wenn ich nicht erklären kann, warum. Vielleicht wird diese Reise sogar gefährlich, darum habe ich volles Verständnis, wenn ihr alle lieber hier zu Hause bleiben wollt. Und Mimi, ach meine Mimi", sprudelten die Worte jetzt nur so aus der kleinen Fee hervor.

„Stopp!", richtete sich Hanne beschwingt ihre Stacheln schüttelnd zu ihrer vollen Größe auf. „Das ist wie immer sehr fürsorglich von dir, Amy, aber bitte sorge dich nicht um uns. Wir alle haben uns aus freiem Willen dazu entschieden, gemeinsam mit dir zu dieser Reise in die Ungewissheit aufzubrechen. Denn auch wir verspüren den inneren Drang herauszufinden, ob es noch etwas anderes für uns zu tun gibt als das zu sein, was wir mit ganzer Natur allgegenwärtig sind", überraschte Hanne die überwältigte, kleine Fee.

„Wir sind deine Freunde, Amy, und gehen solange an deiner Seite, wie wir einander in unseren Wünschen und Absichten entsprechen. Und sollten sich unsere Wege tatsächlich eines Tages trennen, gibt es keinen Grund traurig zu sein, denn das Leben ist ein fortlaufender Fluss stetiger Veränderung. Und in diesem Sinne sind wir ab jetzt nicht mehr nur deine Freunde, sondern sogar ein richtiges Team", lächelte ihr die kleine Igelin aufmunternd zu.

„Und was für eins", schniefte Amy der vor Erleichterung und Dankbarkeit dicke Tränen über die Wangen kullerten. „Danke, ihr Lieben, danke", flüsterte die kleine Fee ergriffen, in deren Augen nun erstmals wieder Hoffnung, anstelle rastloser Sehnsucht schimmerte.

Gorki und der Baum der Wünsche.

„Dann kann unser Abenteuer jetzt wirklich beginnen. Mir nach Freunde!", winkte Flossi der kleinen Fee und Hanne ausgelassen mit seiner Flosse zu, bevor er abtauchte und aus ihrem Blickfeld verschwand. Einen Augenblick später glitzerte sein gelb-orange gestreifter Leib bereits einige Meter flussaufwärts dicht unter der im Licht reflektierenden Wasseroberfläche, von wo aus er weiter mühelos gegen den Strom schwamm. „Auf geht´s, Emma, lass uns Gorki finden!", zwitscherte der kleine, schwarze Amselrich begeistert, worauf sich das kleine Rotkehlchen unverzüglich in die Luft erhob und gemeinsam mit Fritz auf und davon flog. „Es scheint als sollten wir uns dann wohl auch mal lieber auf den Weg machen", zwinkerte Hanne der völlig verdatterten kleinen Fee freudig zu.

Ihr Abenteuer hatte also begonnen! Plötzlich ging alles so schnell, dass Amy gar nicht mehr mitkam. Verunsichert blickte sie sich um. „Komm, Amy, wir haben ein gutes Stück Weg vor uns", lächelte ihr die kleine Igelin aufmunternd zu, während sie sich leichtfüßig in Bewegung setzte. „Warte auf mich, Hanne, ich komme", erwachte Amy aus ihrer Starre und stolperte so schnell sie konnte hinter der kleinen Igelin die Böschung hinauf. „Das will ich auch gehofft haben! Schließlich geht es ja ab jetzt in erster Linie einmal um dich", neckte sie ihre Freundin vergnügt. „Ja, ja, ich bin ja gleich da", schnaufte Amy, die sich bemühte, mit Hanne Schritt zu halten. Laufen gehörte wirklich nicht zu ihren Stärken, dennoch wollte sich die kleine Fee genauso anstrengen wie es auch ihre Freunde für sie taten.

„Woher wisst ihr überhaupt von Gorki und dem Baum der Wünsche und ich nicht? Und wer oder was ist Gorki eigentlich", keuchte Amy, nach nur wenigen Schritten bereits völlig außer Atem. „Warum fliegst du nicht, Amy? Das ist doch viel einfacher für dich", blieb Hanne abrupt stehen. „Ich wollte mir eben Mühe geben, um mit dir gemeinsam zu laufen", schnaufte die kleine Fee atemlos. „Aber so geht das doch nicht, Liebes. Spätestens an der nächsten Biegung brichst du ohnmächtig zusammen! Und dann ist es mit dem Abenteuer vorbei, bevor es überhaupt erst richtig begonnen hat. Komm, flieg neben mir her, dann können wir uns auch endlich in Ruhe unterhalten", lachte Hanne, worauf sich Amy dankbar in die Luft erhob.

„Ja, so ist es besser!", dachte die kleine Fee erleichtert, während sie anmutig neben Hanne entlang schwebte. Aufmerksam betrachtete Amy ihre Umgebung und stellte dabei überrascht fest, dass sie bislang niemals dem Wasserlauf in diese Richtung gefolgt war. Ihr gesamtes Leben hatte sich stets in einem festen überschaubaren Radius um Mimi, ihre Blume, abgespielt. „Mal sehen wohin Flossi uns führen wird", wandte sich Amy, deren Herz aufgeregt in ihrer Brust hämmerte, nun direkt an Hanne. „Jetzt aber raus mit der Sprache. Wie habt ihr das alles herausgefunden und geplant, ohne dass ich von euren Vorbereitungen etwas mitbekommen habe?", fragte die kleine Fee neugierig.

„Also, so abwesend wie du in den letzten Tagen warst hätte ein Elefant neben dir Samba tanzen können, ohne dass du es bemerkt hättest. Kannst du dich eigentlich noch daran erinnern, wann wir zum letzten Mal gemeinsam unten am Fluss waren, Amy?", warf ihr die kleine Igelin einen fragenden Blick zu. Nachdenklich legte die kleine Fee den Zeigefinger über die Lippen, während sie weiter neben ihrer Freundin herflog.

„Hm, also wenn ich so direkt darüber nachdenke ist das bestimmt schon eine Weile her", gestand sich Amy offen ein. Eigentlich hatte sie in letzter Zeit nichts anderes getan als träumend in Mimis schützender Blüte zu liegen und ihr anschließend von ihren inneren Erlebnissen erzählt. „Womöglich hätte ich den Elefanten mitbekommen, doch du hast recht, Hanne. Ich habe mich nicht gut gefühlt, weil ich wieder so unruhig war. Und darum bin ich lieber bei Mimi geblieben und habe mich in meinen Tagträumen versteckt", antwortete die kleine Fee leise.

„Ja, und dabei geschimpft wie ein Rohrspatz, und das nicht nur einmal", erinnerte sie ihre achtsame Igelfreundin ohne jeglichen Vorwurf. „Mimi war sehr besorgt um dich und hat uns alle verständigt, was du nicht einmal bemerkt

hast", warf ihr die kleine Igelin im Gehen einen einfühlsamen Seitenblick zu. „Was, Mimi!? Aber das ist ja ungeheuerlich! Eigentlich sollte ich doch für Mimi sorgen und
nicht umgekehrt!", entfuhr es der kleinen Fee bestürzt.
„Nun ja, eigentlich sollten wir vieles, aber was wir sollten
und tatsächlich tun ist oftmals nicht dasselbe", kicherte
Hanne wohlwissend. „Oh je, bin ich nun etwa eine schlechte
Hüterin, Hanne?", murmelte Amy, in deren Hals plötzlich
ein dicker Kloß zu stecken schien. „Wie kommst du denn
darauf, natürlich nicht! Mimi liebt dich über alles", blickte
sie der kleinen Fee fest in ihre klaren, blauen Augen.

„Nein, Amy, du bist Mimi ganz und gar keine schlechte
Hüterin. Es ist einfach nur so, dass sich dein Herz entschieden gegen einen Lebensstil aufbäumt, für den du einfach nicht gemacht bist. In jeder Zeit gibt es Pioniere die
unbekanntes Terrain betreten, auch wenn sie selbst nicht
einmal wissen, wonach sie suchen und wohin sie ihr Weg
eines Tages führen wird. Und das hat Mimi in aller Klarheit erkannt", entgegnete die kleine Igelin bestimmt.

„Mimi liebt dich so aufrichtig wie ein Zögling ihre
Hüterin nur lieben kann. Und diese Liebe ist so stark und
vertrauensvoll, dass sie ihre Ängste, die dein Wandel auch
für sie unweigerlich mit sich bringt, überwunden hat. Denn
Mimi ist ein Freigeist genau wie du, Amy. Darum habt ihr
beiden auch einander ausgesucht. Und obendrein hat deine
mutige Blume auch uns aus der selbstvergessenen Lethar-
gie herausgerissen, in der wir deiner Hilflosigkeit gegen-

über verfallen waren", bekannte Hanne offenherzig. „Es ist leicht dem alltäglichen Trott zu verfallen, dessen trügerische, sicher erscheinende Beständigkeit uns lähmend einhüllt. Doch wenn wir offen hinsehen, bemerken wir, dass dafür im Gegenzug unsere Offenheit, Kreativität, und Spontanität schwinden", bekannte die kleine Igelin ehrlich.

„Und für diesen freien Blickwinkel hat uns deine wundervolle Mimi wieder die Augen geöffnet. Denn als wir begriffen hatten, wie wichtig es für dich und dein ganzes Leben ist, deine ureigene Bestimmung zu erkennen, damit du dich bewusst dafür oder dagegen diese zu leben entscheiden kannst, haben wir beschlossen alles zu versuchen, was dir dabei helfen könnte, dich auf deinem Weg weiterzubringen. Ja, und diese neue Aufgabe, in der wir uns plötzlich nicht mehr nur um uns selbst gekümmert haben, sondern die Freude füreinander etwas zu bewegen entdeckt und geteilt haben, hat auch in uns etwas verändert", berichtete Hanne, während sie weiter dem Flusslauf folgten.

Unbemerkt von Amy und Hanne schwamm Flossi in einiger Entfernung vor ihnen her und auch von Fritz und Emma war weit und breit nichts zu sehen. „Nun gut, schließlich hatte Emma die Idee Frau Spinne, die immer die geheimnisvollen Netze webt, um Rat zu fragen und damit lag sie auch genau richtig. Denn Frau Spinne riet uns nach Gorki, die in einem magischen, alten Wunschbaum lebt, Ausschau zu halten", klärte Hanne die kleine Fee weiter über die vergangenen Geschehnisse auf. „Aber leider wusste sie auch nicht, wo genau wir die beiden finden würden. Doch wie das nun mal so ist, wenn sich viele in einer Absicht zusammentun, weiß einer immer irgendwie weiter. Als wir Flossi dann die Neuigkeiten berichteten, tauchte er einfach ab, um die Wassertropfen zu befragen, weil diese ja überall herumkommen. Aber dir, Amy, muss ich ja nichts über die Weisheit des Wassers und der Naturwesen, die es bevölkern, erzählen", blinzelte ihr Hanne einhellig zu.

„Das Bewusstsein des Wassers wusste natürlich ganz genau, wo Gorki und der Baum der Wünsche zu finden sind und beschrieb Flossi die Stelle zu der er schwimmen sollte. Klar hat sich unser schuppiger, kleiner Freund sofort aufgemacht und den alten Baum auch tatsächlich gefunden. Allerdings haben ihm die Wassertropfen nicht verraten, wer Gorki ist, nur noch den Hinweis gegeben, dass diese selten ohne Nelly zu finden wäre, wer immer auch Nelly ist?!", schüttelte Hanne ahnungslos ihre Stacheln. „Ja, und nachdem wir auf diese Weise alle notwendigen Informationen zusammengetragen hatten, war die Entscheidung, uns gemeinsam mit dir auf den Weg zu Gorki und dem alten Wunschbaum zu machen, nicht mehr schwierig. Denn wenn jemand etwas über Bestimmungen weiß, dann diese drei, so viel steht fest. Und ein solches Abenteuer wollte sich natürlich keiner von uns entgehen lassen", strahlte die kleine Igelin über das ganze Gesicht.

Fasziniert hatte Amy Hannes Erzählung gelauscht und betrachtete ihre Freundin voller Bewunderung und Dankbarkeit. „Ihr wisst gar nicht, was ihr für mich getan habt", sagte die kleine Fee bewegt. „Ich habe mir solche Mühe gegeben, herauszufinden, was ich tun soll und mich dabei selbst in die Irre geführt. Aber das habe ich nicht einmal mehr bemerkt", stieß Amy einen tiefen Seufzer aus. „Was meinst du damit, Amy?", blickte sie Hanne überrascht an.

„Weißt du, wir Elementare verfügen über die Gabe des inneren Schauens. Und das bedeutet, dass wir Lebewesen und Geschehnisse intuitiv in ihrem natürlichen Zusammenhang erfassen. Doch sobald sich unser Wunsch etwas Bestimmtes zu sehen mit unseren Gedanken und Gefühlen vermischt, verlieren wir durch diese Emotionalität unseren neutralen Blickwinkel, wodurch unsere Fähigkeit allumfassend wahrzunehmen beeinflusst wird", erklärte ihr die kleine Fee wahrheitsgetreu.

„Jetzt geht es für mich darum, mich von allen Vorstellungen, wie, wann, wo und was mir die Zukunft bringen sollte zu lösen. Du Hanne genau das ist es! Das ich da nicht schon früher drauf gekommen bin! Man steht sich doch immer nur selbst im Weg! Wo hat sich nur meine Intuition versteckt?", schlug Amy, begeistert über ihre plötzliche Klarheit, wilde Purzelbäume in der Luft und jubelte:

Egal wo führt es
uns jetzt hin
und Gorki weiß
warum ich bin

ist selbst der Weg
schon Teil des Ziels
und ihn zu gehen
Stück des Spiels.

Das Abenteuer
hat begonnen
der Blick geklärt
nicht mehr benommen
ein weiser Baum
und ein Prophet
mal sehen was hier
sonst noch geht.

Getrost lass ich
nun hinter mir
das altbekannte
Leben hier
mein Herz so
offen und so frei
und ihr seid alle
mit dabei.

„Jetzt heißt es offen zu sein für alles, was kommt", rief die kleine Fee überschwänglich als Hanne ohne Vorwarnung einfach stehen blieb. Geistesgegenwärtig glitt Amy zur Seite und entkam dabei nur um Haaresbreite Hannes aufgerichtetem Stachelkleid. „Spinnst du? Was ist denn los mit dir?", starrte sie die kleine Igelin völlig entgeistert an.

Doch noch während Amy mit den Augen dem Blick ihrer bewegungslos verharrenden Igelfreundin folgte, sah sie es bereits.

Die Hüterin der Weisheit.

Unmittelbar neben Amy und Hanne, streckte nun auch Flossi freudestrahlend seinen Kopf aus dem Wasser. Mit neugierigen Blicken beäugten die drei die hochgewachsenen, mystisch ineinander verschlungenen Büsche, die sich vom Rande der Böschung landeinwärts vor ihnen auftaten.

Nur ein winziger Spalt zwischen dem wildwachsenden, den Erdboden fast vollends bedeckenden Efeu, schien für Amy und Hanne die einzige Möglichkeit, in die dahinter liegende Ungewissheit zu gelangen. Zögerlich flog die kleine Fee ein wenig näher heran, um mit ein wenig Glück einen Blick durch den geheimnisvollen Eingang zu erhaschen. Doch bis auf einige meterhohe Bäume, durch deren dichte Äste kaum ein Lichtstrahl hindurchdrang, konnte sie nichts weiter, als den feuchten, belaubten Boden vor sich erkennen. Sonderbar wie sehr sich die Vegetation so plötzlich verändert hatte, ohne dass es ihr aufgefallen war, überlegte Amy im Stillen. Und mit einem beklommenen Gefühl in der Magengegend schwebte sie zu ihren beiden Freunden ans Ufer zurück.

„Da sollen wir durch?", schluckte Amy wobei sie Hanne und Flossi einen besorgten Blick zuwarf. „Ja, meine beiden

Hübschen, es sei denn ihr möchtet lieber auf meinem Rücken Platz nehmen und euch von mir bis zum Baum der Wünsche chauffieren lassen", bemühte sich der bebrillte Goldfisch die spürbar angespannte Atmosphäre aufzulockern. „Also, wenn ich es mir recht überlege, erscheint mir das gar keine schlechte Idee, Flossi", erstaunte die kleine Fee Hanne und den bebrillten Goldfisch, während sie im Geiste die Gefahren beider Möglichkeiten gegeneinander abzuwägen schien.

„Aber Amy, das ist doch nur dichter Nadelwald, nichts weiter! Ich weiß, dass es Tannenwälder bei uns nicht gibt und die Dichte dieser Bäume durch das wenige Licht, das durch ihre Äste gelangt, bedrohlich erscheinen mag. Doch meinst du nicht auch, dass dies eine hervorragende Gelegenheit ist, dein altbekanntes Leben getrost hinter dir zu lassen und sich zuversichtlich dem Neuen, Unbekannten hinzugeben?", ermutigte sie der gelb-orange gestreifte Goldfisch beherzt, den Schritt in die Ungewissheit zu wagen.

„So etwas in der Richtung habe ich doch gerade selbst erst gesagt", hielt Amy verwundert inne. „Also sich Abenteuer vorstellen und sie dann wirklich zu erleben ist echt etwas ganz anderes", murmelte die kleine Fee unsicher. „Das mag sein, Amy. Doch weißt du was? Die Ungewissheit erscheint immer nur so lange bedrohlich, bis wir den Mut fassen uns ihr zu stellen. Denn die Furcht vor der Furcht erzeugt durch unsere fantastischen Vorstellungen scheinbare Gefahren und vermeintliche Ungeheuer, die einem offenen Blick niemals begegnen würden", entgegnete die kleine Igelin einfühlsam.

„Hast du denn gar keine Angst, Hanne?", wandte sich ihr Amy von deren selbstsicherer Gelassenheit überrascht zu. „Aber nein, Amy. Ich bin doch ein Igelkind, das mit Leichtigkeit durch das dichteste Gestrüpp kriecht. Und wenn ich Gefahr verspüre, rolle ich mich einfach ein und zeige der Außenwelt meine Stacheln. So einfach ist das!", lachte sie unbekümmert.

Wo Hanne und Flossi recht hatten, hatten sie nun mal recht, gestand sich Amy offen ein. Wie lange schon hatte sie diese verzehrende, innere Ungewissheit gelähmt? Und hatte sich das gut und richtig angefühlt? Nein, überhaupt nicht! „Und damit ist hier und jetzt das Versteckspiel vor mir selbst endgültig vorbei!", nickte die kleine Fee entschieden ihren beiden Freunden zu. „Dann wollen wir mal! Jetzt geht´s los! Wer als Erster da ist, wo immer das auch sein mag!?", blitzten Amys tiefblaue Augen abenteuerlustig. „Wenn das mal kein Absprung ist, Herrschaften!", blubberte der bebrillte Goldfisch anerkennend. Und ehe es sich Flossi und Hanne versahen, summte die kleine Fee auch schon an ihnen vorüber, direkt auf den lichten Spalt zwischen dem Efeu zu, und flog mutig hindurch.

„Eine entfesselte, kleine Fee. Das kann ja heiter werden", lachte Hanne, und mit lautem Gebrüll stoben die beiden auseinander. Eigentlich waren sie ja fast schon am Ziel, doch das würde bestimmt gleich eine schöne Überraschung werden, grinste der gelb-orange gestreifte Goldfisch keck, während er abtauchte und gemächlich weiter stromaufwärts schwamm. Erschrocken von dem Gebrüll fuhr Amy, die dicht über dem Boden schwebte, herum und sah wie ihre Igelfreundin in rasantem Tempo an ihr vorüberrauschte. Und bereits im nächsten Moment war Hanne auch schon aus ihrem Blickfeld im Dickicht verschwunden.

„Du wolltest ein Rennen, Amy, jetzt hast du eins. Aber wenn du hier weiter Wurzeln schlägst, wird das nichts!", überschlugen sich ihre Gedanken. „Hanne wo bist du?", rief Amy, doch der dichte Nadelwald schien jegliche Laute zu verschlucken. Beherzt flog die kleine Fee weiter, immer höher, um die spitzen Äste der Tannen und Kiefern herum, die garstig piksten, wenn man ihnen zu nahe kam. Die Stämme der Bäume rochen harzig und auch der fast vollständig bedeckte Boden verströmte diesen unbekannten, aromatischen Duft. Zu ihrer eigenen Überraschung wirkte die Stille um sie herum keinesfalls bedrohlich wie sie anfänglich vermutet hatte, stattessen breitete sich in ihr eine vertrauensvolle Ruhe aus, je tiefer sie in den Wald vordrang.

Ein Stückchen weiter vorne bahnte sich Hanne geschickt ihren Weg durch das dichte Unterholz bis sie auf einen gewaltigen, umgefallenen Baumstumpf stieß. Entschlossen, sich nicht von der eingeschlagen Richtung abbringen zu lassen, kroch die kleine Igelin um den Stamm herum und stand plötzlich im gleißenden Licht der späten

Mittagssonne. Die unerwartete Helligkeit ließ sie blinzeln, doch im Nu klärte sich ihre Sicht. Sprachlos vor Staunen bewunderte sie den riesigen, uralten Baum, dessen knorrige Äste einerseits kahl, aber auch an manchen Stellen von unzähligen, grün-silbrig schimmernden Blättern übersät waren, von denen bunte Bojen herabhingen. Ergriffen schloss sie die Augen und spürte wie ein Kribbeln ihren gesamten Körper erfasste. Sie hatte ihn also gefunden. Vor ihr, nur wenige Schritte entfernt, thronte der magische Wunschbaum in seiner gesamten, erhabenen Präsenz. „Ein Lebewesen so einzigartig, wie es auf der Welt kein zweites gibt", schlug der kleinen Igelin vor Aufregung das Herz bis zum Halse.

„Hierher, Amy!", rief Hanne so laut sie nur konnte, doch da purzelte die kleine Fee auch schon vor ihr auf die Wiese. „Ist er das?", richtete sich Amy sofort wieder auf. „Oh, ja ihr beiden, das ist der Baum der Wünsche", riss sie Flossis Stimme aus ihrer Bewunderung. „Sagt nur, ihr habt mich etwa vergessen? Dabei war ich übrigens als Erster da!", zog der bebrillte Goldfisch, der sie vom nahe gelegenen Ufer durch seine dicke, braune Hornbrille genau beobachtete, einen beleidigten Schmollmund.

„Hey, Flossi, ja ähm, ein klein wenig hatte ich dich wirklich gerade vergessen", gab die kleine Fee betreten zu. Eilig erhob sie sich in die Luft und schwebte ganz dicht an ihren herzensguten, gelb-orange gestreiften Freund heran und drückte ihm unversehens einen Kuss auf seine schuppige Wange. „Herzlichen Glückwunsch dem Sieger! Einen anderen Preis habe ich gerade nicht", zwinkerte sie ihm lachend zu.

„Ist er nicht ..." „... magisch", vollendete Flossi ihren Satz, während die kleine Fee anmutig auf die Wiese zurück schwebte. „Und ob, Flossi, der Baum der Wünsche ist ein wahrer Zauberbaum. Das spüre ich ganz deutlich!", legte Amy ihre linke Hand direkt über ihr schlagendes Herz. „Weißt du eigentlich, was das da für bunte Kugeln sind, die versteckt zwischen den Ästen hängen?", murmelte die kleine Fee fasziniert.

„Achtung, Landung!", ertönte es plötzlich über ihnen, während Emma und Fritz, die im Sturzflug auf sie zugerast kamen, auch schon eine halsbrecherische Landung hinlegten. „Was habt ihr angestellt? Werdet ihr etwa verfolgt?", zog sie die kleine Igelin, die sich riesig freute, dass sie nun allesamt wieder vereint waren, belustigt auf. „Ach was, natürlich nicht, Hanne!", piepste das kleine Rotkelchen verzückt. „Es ist nur so, Gorki ist gerade zu Hause, also beeilt euch", erhob sich Emma auch schon wieder in die Luft.

„Ich warte dann mal hier!", tönte Flossi vom Ufer und ließ sich entspannt auf der Oberfläche des Wassers treiben, von wo aus er die weiteren Geschehnisse beobachten wollte. Wie ein Blitz sauste die kleine Igelin auf ihren kurzen, schwarzen Beinchen dem Baum der Wünsche entgegen, während ihre fliegenden Freunde bereits am Fuße des uralten Stammes landeten. Nur wenige Sekunden später erreichte auch Hanne schnaufend ihr Ziel. „Und, wo ist Gorki und was ist Gorki überhaupt?", wandte sich Amy erwartungsvoll an das kleine Rotkehlchen.

„Ich bin Gorki, die Hüterin der Weisheit", erklang unmittelbar über ihnen eine freundliche Stimme. Erschrocken zuckte die kleine Fee zusammen und blickte nach oben. Und da sah sie Gorki, eine kleine, schneeweiße Eule, die direkt über ihren Köpfen auf dem untersten Ast des alten Wunschbaumes saß, von wo aus sie Amy aus ihren durchdringenden, hellblauen Augen neugierig beobachtete. „Aber du bist ja eine Eule!", entfuhr es Amy verblüfft. „Oh, ja und zwar mit ganzem Sein. An was hattest du denn gedacht, Amy?", lächelte Gorki amüsiert. „Also, ehrlich gesagt weiß ich das gar nicht, denn so viel Zeit darüber nachzudenken hatte ich nämlich nicht", stotterte Amy verwirrt.

Ehrfürchtig erschauerte die kleine Fee unter dem prüfenden Blick der selbstsicheren, kleinen Eule, dem sicherlich niemals etwas verborgen blieb. Das wusste sie ganz genau. „Aber halt, was ist denn das?", starrte Amy die Hüterin der Weisheit so unverhohlen an, als hätte sie einen Geist gesehen. „Also, du bist ja genau wie ich, oder ich wie du?", murmelte Amy ungläubig, die unverkennbar den leuchtend goldenen Schimmer um das strahlend weiße Gefieder der kleinen Eule entdeckt hatte. „Nun ja, wenn man es genau betrachtet sind wir doch alle gleichen Ursprungs und dabei doch so einzigartig", zwinkerte ihr Gorki offenherzig zu.

„Ich habe euch übrigens schon erwartet, Amy, und freue mich sehr, dich und deine Freunde in meinem wunderbaren Zuhause begrüßen zu dürfen", bekannte die kleine Eule einladend. „Aber wie konntest du wissen, dass ich zu dir komme, wenn ich selbst bis vor Kurzem nicht einmal ahnte, dass ich dich jemals suchen würde?", entgegnete Amy irritiert. „Alles hat seine Zeit und ein jedes Vorhaben nimmt seinen Lauf, wenn es so weit ist", antwortete die weise Eule tiefgründig.

„Dann brauche ich dir wahrscheinlich nichts über meine Sehnsucht, den Menschen zu helfen, zu erzählen? Und auch nicht über die Ignoranz meiner Fähigkeiten dort, wo ich herkomme? Ganz zu schweigen von der Isolation, die sich daraus ergibt, wenn man nicht das tun kann, was man gefühlt eigentlich tun sollte, selbst wenn man noch nicht genau weiß, was das eigentlich ist", öffnete die kleine Fee Gorki ihr Herz.

„Ich kenne dein Leiden sehr gut, kleine Fee. Dein Hilferuf kürzlich war wirklich nicht zu überhören", antwortete die schneeweiße Eule mitfühlend. „Du hast mich gehört? Bis hierher?", glaubte Amy ihren Ohren nicht zu trauen. „Entfernungen, liebe Amy, existieren nur in der Vorstellung unserer Wahrnehmung. Nichts, aber auch rein gar nichts, was jemals gedacht und gefühlt zum Ausdruck gebracht wird, bleibt in der Verbindung allen Lebens unbeachtet. Und je nach Dringlichkeit der dargebrachten Ursache erscheinen sich daraufhin eben manchmal die

Ereignisse zu überschlagen", bedachte die Hüterin der Weisheit die kleine Fee mit einem gütigen Blick.

„Oh, wie schön", schluckte Amy beglückt, die es kaum fassen konnte endlich jemanden vor sich zu haben, der sie nichts erklären musste, sondern die einfach verstand:

Ich bin so glücklich
hier bei dir
so sag was mache
ich nun hier
mein Herz wünscht
sehnlichst zu verstehen
wie kann mein Leben
weitergehen?

Ich trage in mir
großes Wissen
und Weisheit lenkt
auch mein Gewissen
doch was soll ich
nur damit machen
wenn andere stets
darüber lachen?

Ich wünsche mir
den Weg zu gehen
das mir Bestimmte
soll geschehen

ich bin bereit
alles zu geben
denn ich hab`s satt
hier nur zu reden!

Beschwingt glitt die kleine Eule vom Ast des Baumes herab und landete sacht vor Amy, Emma, Fritz und Hanne. „Bitte, Gorki, sag mir, warum bin ich so, wie ich bin und was soll ich wirklich hier auf dieser Erde?", bat sie die kleine Fee eindringlich um Antworten. Für einen Moment schwieg die kleine, schneeweiße Eule, während sie Amy und ihre Freunde eingehend betrachtete.

„In euren Augen sehe ich Liebe, großen Mut und viele Fragen. Die universale Weisheit vermag sicher einige eurer Fragen zu beantworten, doch am Ende kann ein jeder in eigener Freiheit und Verantwortung immer nur selbst erkennen und entscheiden, was dieser als relative Wahrheit erachtet", antwortete die Hüterin der Weisheit bedeutungsvoll.

Wieso, weshalb, warum?

„Aber warum kannst du uns nicht einfach sagen, was genau wir tun sollen, Gorki? Was machen wir denn dann überhaupt hier bei dir?", brauste die kleine Fee enttäuscht auf. „Das ist ganz einfach, Amy, Lebewesen mit Bewusstsein und Geist obliegt es nun mal durch deren individuelle Wahrnehmung eigenverantwortliche Unterscheidungen zu treffen, aus denen sich die eigenen, relativen Wahrheiten formen. Kein Wesen dieser Schöpfung gleicht innerlich wie äußerlich einem zweiten, auch wenn dies auf den ersten Blick ausgedrückt vielleicht so erscheinen mag. Darum lässt sich Wahrheit auch einzig als relativer Ausdruck persönlicher Überzeugungen verstehen, die weder von einem einzelnen Geschöpf noch einer vermeintlichen Autorität als absolut klassifiziert werden kann. Denn absolute Weisheit ergibt sich nun mal ausschließlich völlig natürlich direkt aus der reingeistigen, universalen Ordnung heraus. Die Menschheit ist dem Trugschluss ihrer eigenen, wertenden Überzeugungen verfallen, was ihnen im Lauf ihrer Entwicklung außerordentliches Leid beschert hat", nickte die kleine Eule wissend.

„Also leben wir scheinbar doch in der gleichen Welt wie die Menschen! Aber wo sind sie nur? Ich jedenfalls bin außer in meinen Tagträumen noch keinem von ihnen begegnet!", horchte die kleine Fee interessiert auf. „Bitte, Gorki, erzähle uns mehr über die Menschen. Wieso ist die Menschheit so unglücklich, weshalb leiden sie so sehr und warum befreien sie sich nicht?", blickte Amy die Hüterin der Weisheit fragend an. „Nun gut, meine Lieben, dann wollen wir hier und jetzt unsere gemeinsame Reise, die uns zum Ursprung unserer Natur führt, beginnen", winkte Gorki dem bebrillten Goldfisch mit einschließend zu.

„Ein kleiner Junge versteckt sich gelegentlich in den Wipfeln des alten Wunschbaumes, von wo aus er wunderschön auf seiner Panflöte spielt", verriet ihnen die kleine Eule ein Geheimnis. „Was? Echt, ein Menschenkind, hier? Aber wieso sitzt er dort und weshalb spielt er auf einer Flöte und warum hängen an diesem Baum eigentlich überall so viele bunten Kugeln dran?", platzte Amy ungestüm heraus. „Das hätte mich auch gewundert, wenn diese Fragen ausgeblieben wären", lachte die Hüterin der Weisheit herzlich.

„Die Bojen bergen allesamt Weisheiten universalen Ursprungs, die vor langer Zeit aus dem Bewusstsein der Menschen verschwunden sind. Doch sobald sich die Menschen erneut an die magische Zauberkraft in ihren Herzen erinnern, werden sich diese Kugeln, eine nach der anderen, wieder öffnen und deren Inhalte der gesamten Menschheit in der Verbundenheit allen Lebens, bereitgestellt. Darum nennt man mich auch die Hüterin der Weisheit, da ich diese immateriellen, universalen Schätze so lange im

Baum der Wünsche behüte, bis die Menschen in eigener Erkenntnis, diese in sich befreien und schöpferisch wieder zum Ausdruck bringen", schmunzelte die kleine Eule.

„Dieser kleine Junge hat wie auch du, Amy, um Hilfe gerufen, weil er sich in seiner Welt ähnlich verloren fühlt. Auch sein Herz fließt über vor Liebe und Freude, trotz der Bürde, die ihm ohne sein Wissen bereits begrenzend aufgeladen wurde. Er weiß nicht, warum es ihn immer wieder zurück an diesen Ort zieht. Jedes Mal aufs Neue bewundert er mit kindlicher Neugier die bunten Kugeln an diesem Baum, von denen er ahnt, dass sie etwas Bedeutsames in sich bergen. Das Flötenspiel befreit ihn von seinem Kummer, denn das, was er wahrnimmt und zum Ausdruck bringt, trifft unter seinesgleichen auf nichts als Unverständnis und Hohn. Dieses wundervolle Menschkind, Amy, ist sogar imstande, dich und deinesgleichen zu erkennen, was unter den Menschen heute gewiss noch etwas ganz Besonderes ist", beteuerte die kleine Eule ernst.

„Dann geht es diesem Menschenkind also ähnlich wie mir. Aber wie meinst du das, Gorki? Warum sollten die Menschen uns Elementare nicht sehen können? Schließlich leben wir doch alle auf der gleichen Erde?", entgegnete die kleine Fee verständnislos. „Weißt du, Amy, vor langer Zeit lebten die Menschen in harmonischem Einklang mit Mutter Erde, was es ihnen ermöglichte, euch Elementaren offen als ebenbürtigen Wesen zu begegnen. Doch dann geschah etwas, dass die Erinnerungen an ihre ursächliche, reingeistige Natur und Verbundenheit, wie auch all die großartigen Fähigkeiten über die Menschen völlig natürlich in vereintem Wahrnehmungszustand verfügen, in den Hintergrund drängten. Und daraufhin verschwanden die Geschöpfe des Elementar- und Engelreiches aus der schöpferischen Vorstellungskraft, der inneren Welt der Menschen, was der universalen Ordnung zufolge euch fortan ebenfalls aus ihrer äußeren Erfahrbarkeit ausschloss", antworte die Hüterin der Weisheit behutsam.

„Was? Wie, aber das gibt`s doch gar nicht! Was soll ich denn dann bei Menschen, für die ich unsichtbar bin!?", kreischte die kleine Fee außer sich, während sie mit hochrotem Kopf verzweifelt nach Luft schnappte:

Was ist auf Erden

nur passiert

das hat mich jetzt

zutiefst schockiert

beschränkte Sicht

bis unsichtbar

wer weiß denn dann

noch was ist wahr?

Warum sind wir

für sie gestorben

das ist als gäbe es

kein morgen

was ist in ihnen

nur geschehen

dass sie uns alle
nicht mehr sehen?

Warum, weshalb
und auch wieso
wer wird so seines
Lebens froh
was soll getan
was muss entstehen
damit die Menschen
wieder sehen?

„Das ist ja ungeheuerlich!", schüttelte die kleine Fee unglaubig den Kopf, während sie in die genauso verstörten Gesichter ihrer Freunde blickte. „Wusstet ihr das etwa?", heulte Amy wutentbrannt auf, während sich ihre Augen unaufhaltsam mit Tränen füllten. Und ohne eine Antwort abzuwarten stürmte sie an ihnen vorbei und rannte so schnell sie nur konnte zum Flussufer hinüber. „Hast du das gehört, Flossi?", schimpfte die kleine Fee laut, bevor sie erschöpft zu Boden sank und herzzerreißend zu schluchzen begann. Hilflos sah der bebrillte Goldfisch seine tief unglückliche Feenfreundin an, die das Gesicht schützend in ihren Händen verbarg. „Was kann ich nur tun, um dir zu helfen, Amy?", überschlugen sich seine Gedanken, doch da trafen zum Glück auch schon Hanne, Gorki, Fritz und Emma ein.

Mitfühlend umschlang Hanne die kleine Fee und hielt sie fest an sich gedrückt, bis diese sich beruhigte und mit

verweinten Augen aufsah. „Flossi", nickte Gorki dem bebrillten Goldfisch zur Begrüßung mit einem aufmunternden Blick, zu den er dankbar erwiderte. „Komm, wir
setzen uns zu eurem schwimmenden Freund", schlug die
Hüterin der Weisheit vor, sich gemeinsam am Rande des
Flussufers niederzulassen. Schweigend nahmen die vier
Freunde ihre Plätze um die kleine Eule ein, wobei der bebrillte Goldfisch vor Freude, endlich mit von der Partie zu
sein, beglückt seine Freunde durch die dicken Gläser seiner braunen Hornbrille anstrahlte. „Warum, Gorki?", war
alles, was Amy, deren Kopf mit einem Mal völlig leer war,
herausbrachte.

Liebevoll wischte die Hüterin der Weisheit Amy eine
letzte Träne mit ihrem Flügel von der Wange. „Wenn du
den Menschen wirklich helfen möchtest, kleine Fee, gehört es nun zu deinen ersten Aufgaben, dir selbst mit offenem Mitgefühl, Akzeptanz, Verständnis und aller Geduld
dieser Welt begegnen zu lernen. Von Nutzen für ein anderes Wesen zu sein verlangt erst einmal, dich selbst in aller
Aufrichtigkeit kennen und vorbehaltslos lieben zu lernen.
Denn die vollkommene Annahme unserer ursächlichen
Beschaffenheit öffnet unser Herz, das uns ein allumfassendes Verständnis ermöglicht, wer wir tatsächlich sind.
Und diese universelle Einsicht bildet die Voraussetzung
dieser Menschenrasse, die sich derzeit am Scheideweg
befindet, um über den künftigen Fortbestand oder Unter-
gang ihrer Zivilisation zu entscheiden, in selbstloser Weise
beizustehen", betonte die kleine Eule mit ernster Stimme.

51

„Und wie oder gegen was dürfen sich die Menschen denn entscheiden?", flüsterte die kleine Fee von einer unguten Vorahnung erfasst. „Jeder Mensch hier bestimmt in der Darbringung der individuellen Geistigkeit, bewusst wie unbewusst, über die zukünftigen Geschehnisse auf Erden, was im Schlimmsten Fall zur groben Zerstörung unserer Mutter Erde und viele an sie gebundenen Lebensformen führen könnte", antwortete Gorki ruhig. „Meine Güte, das ist ja hochdramatisch! Aber das bedeutet ja, dass nicht nur das Leben der Menschen, sondern auch der Fortbestand vieler Arten und der unseres Heimatplaneten auf dem Spiel steht!", stammelte Hanne fassungslos. „Aber wie und warum?", piepste das kleine Rotkehlchen bestürzt. „Nein, das gibt´s doch gar nicht!", glückste Flossi schockiert, wobei es dem kleinen, schwarzen Amselrich vor Angst gänzlich die Sprache verschlagen hatte.

„Gorki, wie kannst du in diesem Wissen nur so ruhig sein, wenn alles Leben von den Gedanken, Gefühlen und Entscheidungen eines jeden einzelnen Menschen abhängen?! Bitte sag mir, was können wir tun, um diesen Wahnsinn aufzuhalten?", schüttelte Amy entschieden ihren blonden Lockenkopf. „Aufhalten können wir gar nichts, Amy. Denn alles Leben unterliegt in jedem einzigartigen Augenblick dem fortwährenden Prozess geistig schöpferischer Veränderung. Das Einzige, was wir für die Menschen tun können ist, sie dabei zu unterstützen, sich ihrer reingeistigen Natur mitsamt ihren allmächtigen Fähigkeiten wieder bewusst zu werden. Denn diese ermöglicht ihnen nicht nur in alle gegenwärtigen Geschehnisse verändernd einzugreifen, sondern auch willentlich in der Freiheit ihrer Verantwortung eine eigenständige Wahl zu treffen."

„Doch wie ich bereits sagte, müssen wir uns, um ein solch allumfassendes Verständnis zu erlangen, erstmals unserem gemeinsamen, universalen Ursprung zuwenden", wiederholte die Hüterin der Weisheit erneut. „Und worauf warten wir dann noch?!", schnaubte Amy voller Ungeduld. „Auf deine, eure Bereitschaft, diesen Weg auch wirklich gehen zu wollen", bedachte Gorki die fünf Freunde mit einem prüfenden Blick. „Denn Wissen, Weisheit und Bewusstsein können nur von denjenigen erlangt werden, die ihr Herz aus freiem, selbstlosen Wunsch auch dafür öffnen", antwortete die Hüterin der Weisheit bedeutungsvoll.

„Also gut, Leute, das ist kein Spiel mehr, überlegt es euch gut. Disziplin und Geduld gehörten bislang nicht zu meinen Stärken, doch was nicht war kann ja jetzt sein!", wandte sich die kleine Fee entschieden an ihre Freunde. „Glaubst du wirklich wir lassen dich mit solch einer Herausforderung alleine?", tschilpte Fritz, der seine Stimme wiedergefunden hatte, entschlossen. „Das Leben dieses Planeten ist uns ebenso wichtig wie dir, Amy!", zwitscherte Emma beherzt.

„So langsam begreife ich, warum wir zusammen auf diese Reise aufgebrochen sind. Auch das wir Freunde sind und Mimis Drängen gerade jetzt ist kein Zufall! Und die

Suche nach deiner Bestimmung, Amy, ist ebenfalls zu unserer geworden. Gemeinsam verfügen wir über eine Vielzahl unterschiedlichster Fähigkeiten. Und es wäre doch gelacht, wenn wir mit vereinten Kräften nicht dazu imstande wären Wunder zu vollbringen", klatschte die kleine Igelin furchtlos in ihre kleinen, schwarzen Krallen. „Genau, Hanne, wir sind ein Team, das zusammen alles Notwendige tut, um die Menschheit auf dem Weg ihrer individuellen Bewusstwerdung zu unterstützen. Schließlich bilden wir doch alle eine Einheit, egal ob Mensch, Pflanze, Stein, Tier und alles, was sonst irgendwie lebendig pulsiert. Wer außer unseren eigenen Ängsten sollte unsere Mission also sabotieren? Und mit Freunden ist man selbst in der Dunkelheit weniger allein!", blubberte der bebrillte Goldfisch bestimmt.

„Mission für gemeinsames Wissen, Weisheit und Bewusstheit! Auf die Flosse, Freunde", streckte der bebrillte Goldfisch seine gelb-orange gestreifte Flosse so hoch er nur konnte seinen Freunden entgegen. „Gemeinsam für Wissen, Weisheit und Bewusstheit", riefen Amy, Flossi, Hanne, Emma und Fritz, die einer nach dem anderen feierlich ihre Hände, Krallen und Flügel über Flossis schuppige Flosse legten. „Und auf die Liebe, die wir sind", fügte die Hüterin der Weisheit abschließend noch hinzu, deren schneeweißer Flügel obenauf ihr Versprechen besiegelte, worauf sie jubelnd auseinanderstoben. „Dann wollen wir mal, denn alles fängt am Anfang an", schlug Gorki andächtig mit ihren Flügeln.

Alles fängt am Anfang an.

„Und wo ist der Anfang?", hüpfte Emma mit vor Begeisterung dicht aufgeplustertem Brustgefieder, zwischen ihren Freunden umher, die es sich schon wieder neben der kleinen Eule, am Ufer des gewundenen Flusslaufes gemütlich gemacht hatten. Die Sonne schien warm auf sie herab und für einen Moment beobachteten Amy und ihre Freunde das bunte Farbenspiel ihrer Strahlen, die spielerisch über die Wasseroberfläche tanzten. Alles war gut unten am Fluss und in dieser friedvollen Stille nur das Zwitschern der Vögel in einiger Entfernung zu hören.

„Also, ich könnte mir vorstellen, dass wir beim Ursprung unser aller Existenz beginnen, denn dort fängt schließlich alles an", blickte die kleine Igelin Gorki freudestrahlend an. „Genau so ist es, Hanne, denn um die ursprüngliche, reingeistige Beschaffenheit allen Lebens sowie die Zusammenhänge auf Erden begreifen zu können, müssen wir uns in den Schoß unserer universalen Herkunft begeben", antwortete die Hüterin der Weisheit bedächtig. Gebannt hüpfte das kleine Rotkelchen zu ihren Freunden, von wo aus sie gemeinsam die kleine Eule erwartungsvoll ansahen. „Unter den Menschen trägt der Ursprung allen Seins Namen wie Gott, Urschöpfer, die

Quelle allen Lebens und noch viele mehr. Diese vagen Bezeichnungen dienen dem menschlichen Geist, sich etwas in einer Form vorzustellen was deren Natur gemäß jedoch absolut formlos ist", lächelte ihnen die kleine Eule wohlwollend zu. „Aber was ist denn dann dieser Ursprung allen Lebens genau, wenn wir diesen weder sehen noch anfassen können?", blubberte der bebrillte Goldfisch neugierig aus dem Wasser.

„Liebe, deren selbstlose Einheit, universales Bewusstsein repräsentiert, das sich aus allen nur möglichen positiven und negativen Gedanken und Gefühlen gemeinsam ergibt", sagte die Hüterin der Weisheit schlicht. „Wie? Also, das kapiere ich nicht?!", tschilpte der kleine, schwarze Amselrich verwirrt. „Weißt du, Fritz, am einfachsten lässt sich die Natur der selbst- oder auch bedingungslosen Liebe, wie das vereinte Bewusstsein genannt wird, als einen in sich vollkommenen Kreis vorstellen, dessen Inneres die Verschmelzung aller nur möglichen positiven und negativen Gedanken und Gefühle beinhaltet", ritzte Gorki mit ihren Krallen direkt vor ihnen einen Kreis in den weichen Erdboden, den sie in zwei gleichwertige Hälften teilte, dessen entgegengesetzte Pole am jeweiligen Ende ein Plus- und Minuszeichen zierte.

„Wie ihr hier sehen könnt, meine Freunde, ist die Liebe, das universale Bewusstsein, in Form vereinter Gedanken und Gefühlskraft reingeistiger Natur und in sich vollständig", deutete diese rundum über die geschlossene Linie des

Kreises vor sich. „Gedanken und Gefühle können wir somit als gegensätzliche Energien, die auch Schwingungsfrequenzen genannt werden, begreifen, deren dual einander vollkommen entsprechende Kräfte sich natürlich auch wieder aus zwei entgegengesetzten Polen, ihren positiven und negativen Schwingungsfrequenzen bilden", wedelte Gorki kurz mit beiden Flügeln über die Hälften im Inneren des Kreises.

„Und jedes dieser zwei in sich vollkommen entgegengesetzten Schwingungsfelder erzeugen im Ausdruck dementsprechend das eigene Energiefeld in beständiger Anziehung und Abstoßung ihrer jeweilig konträren Entsprechung aus sich selbst heraus. Folglich verfügt jeder positive und negative Gedanke und jedes positive und negative Gefühl über eine gegensätzliche Entsprechung, die innerhalb des jeweiligen Schwingungsspektrums ein Paar ergeben. Und diese allumfassende Perspektive lässt uns ferner erkennen, dass alle feinstofflichen Gedanken, Gefühle und Formen wie auch unsere grobstofflichen Körper und die Materie selbst ursächlich gleichwertige Anteile der reingeistigen Einheit universalen Bewusstseins repräsentieren", hielt die Hüterin der Weisheit kurz inne, bevor sie weitersprach.

„Somit bildet die universale Vorstellungskraft auf ursächlicher, reingeistiger Ebene aus deren Gesamtheit ein grenzenloses Möglichkeits- oder Wahrscheinlichkeitsfeld, das in eigener Spiegelung über unzählige, einzigartige

Schwingungskombinationen verfügt, die sich naturgemäß in Klang und Farbe ausdrücken. Infolgedessen befindet sich allzeit das gesamte vereinte Schwingungsspektrum, formlos in jeglicher Lebensform, wie auch das universale Bewusstsein selbst ein individueller Aspekt einer übergeordneten Einheit darstellt", schmunzelte die kleine Eule vergnügt.

„Also sind alle unsere Gedanken, Gefühle und Körper jeweilige Ausdrucksmöglichkeiten universalen Bewusstseins, somit ausnahmslos reingeistigen Ursprungs, und allesamt ein unsterblicher Teil dessen ewiger Einheit", fasst die kleine Fee Gorkis Worte nun in ihrem eigenen Verständnis zusammen. „Absolut, Amy, diese weitreichende, alles verändernde Erkenntnis offenbart sich ebenfalls in den reingeistigen Ordnungsstrukturen, die jeweils absolute Wahrheiten enthüllen", nickte die Hüterin der Weisheit zustimmend. „Denn aus der direkten Spiegelung der vereinten Natur mit deren einzelnen Aspekten, erwachen die unzähligen denk- und fühlbaren Möglichkeiten im Geiste universalen Bewusstseins zum Leben, wo diese in holografischer Vorstellung scheinbar getrennt von der Einheit, geistig wie physisch erfahren werden können", zeigte ihnen Gorki auf.

„Das unendliche Möglichkeitsfeld vereinten Bewusstseins stellt demnach die ursächliche, reingeistige Ebene allen Seins dar, der die feinstoffliche, geistige Ebene aller denk- und fühlbaren Gedanken und Gefühlen nachkommt, die jedes Lebewesen mit schöpferischem Geist scheinbar getrennt von der Einheit eigenständig zu erfahren und darzubringen imstande ist. Und die in das dritte und letzte, grobstoffliche Erfahrungsspektrum mündet, in dem sich das geistige Erleben innerhalb der Körperlichkeit sowie der Materie in den niederschwingenden Graden physischer Dichte manifestiert. Dementsprechend nimmt alles Leben, jegliche feinstoffliche wie physische Form, in der beständigen Vereinigung der Gegensätze, der Verbindung des Aktiven und Passiven, des Positiven und Negativen sowie des Männlichen und Weiblichen dessen Anfang", beschrieb ihnen die kleine Eule.

„Hm, das Prinzip der Vereinigung begreife ich, aber wenn etwas in sich bereits ganz, ich meine vollkommen ist, sorgt doch diese totale Verschmelzung für die Neutralisierung aller, gegensätzlicher Pole, was doch unweigerlich zu Statik führt? Wie kann es uns denn dann überhaupt geben, Gorki?", rückte der bebrillte Goldfisch nachdenklich seine dicke, braune Hornbrille auf dem Kopf zurecht.

„Sehr aufmerksam, Flossi, genau darum hat sich die bedingungslose Liebe, das vereinte, universale Bewusstsein, ja auch das Prinzip der Spiegelung einfallen lassen, in dessen geistiger Vorstellungskraft alle zu dieser Einheit zählenden Aspekte, wie du, deine Freunde, ich selbst und auch alles Leben gehören, die einander in unzähliger Form selbsterfahrend gegenüberstehen. Die Liebe, das universale Bewusstsein selbst, kann sich wie du vollkommen richtig erkannt hast niemals wirklich außerhalb sich selbst erfahren, da all deren duale Gegensätze vereint ihr vollkommenes, ewiges Wesen bilden. Und darum existiert das universale Bewusstsein auch zu keiner Zeit jemals wirklich voneinander getrennt, da sich alles Erleben ausschließlich in dessen eigenem Geist abspielt, indem unsere Vorstellungskraft sich in dessen Möglichkeitsfeld mit dieser bereits dort vorhandenen Gedanken- und Gefühlsform verbindet, wodurch ein jedes geistig schöpferische Wesen geistig wie fühlbar in holografischer Vorstellung die eigens aus Gedanken und Gefühlen erzeugte Realität kreiert und erlebt", lächelte die kleine Eule bedeutungsvoll.

„Aber das bedeutet ja, dass wir eigentlich gar nicht wirklich existieren, sondern allesamt nur in der geistigen Vorstellung universalen Bewusstseins lebendig sind?!", stockte dem gelb-orange gestreiften Goldfisch im plötzlichen Verstehen einen Moment erschrocken der Atem, worauf ihm Gorki augenblicklich zustimmte. „Absolut, Flossi, jegliches Erleben aller Wesen in allen Welten und Bewusstseinsebenen vollzieht sich ausschließlich in der Geistigkeit universalen Bewusstseins, in der dieses sich durch dessen unzählige Aspekte erfährt, gleichwohl wir meinen, uns in einer Welt, die wir für echt halten, eigenständig zu erfahren. Und diese gesamte Spiegelung, jegliche Erfahrbarkeit aller nur vorstellbaren Gedanken, Gefühle und Zustände, vollzieht sich direkt im Geiste der selbstlosen Liebe multidimensional in einem einzig, ewig erscheinenden Moment", sagte die kleine Eule mit sanfter

Stimme. „Wie genial ist das denn?", sprang die kleine Igelin voller Begeisterung auf und tänzelte mit beschwingten Schritten übermütig um den Kreis herum.

„Alles ist eins und dennoch ermöglicht die angebliche geistige Trennung des universalen Bewusstseins, die sich aus der Spiegelung des Ganzen mit all dessen individuellen Aspekten ergibt, dass wir uns in dessen geistiger Vorstellung, die uns gedanklich und gefühlt täuschend echt erscheint, getrennt voneinander zu erfahren meinen. Dann können scheinbare Begrenzungen wie Raum und Zeit ja auch gar nicht wirklich existieren, wenn sich alles gespiegelte Erleben ja eigentlich im allumfassenden Schwingungsspektrum universalen Bewusstseins in einem ewig währenden Augenblick gleichzeitig ereignet", rief die kleine Igelin verzückt.

„Somit spiegelt jegliche Lebensform ursprünglich einen einmaligen Ausdruck vereinten Bewusstseins wider, dessen grenzenloses, geistiges Vorstellungsspektrum wir allein in unserem Sosein lebendig werden lassen."

„Demzufolge verkörpern geistig schöpferische Lebewesen eine jeweilig aus der männlichen und weiblichen Vereinigung entstandene einzigartige Schwingungsfrequenz. Und diese verfügt im Erzeugen eigener, geistiger Hologramme in der Verbindung positiver und negativer Gedanken und Gefühle in ihrem Ausdruck nicht nur über die Möglichkeit, sich getrennt voneinander, sondern gleichfalls auch von deren ursächlicher Natur zu erfahren", murmelte Hanne fasziniert. „Absolut, Hanne", strahlte die Hüterin der Weisheit die kleine Igelin begeistert von ihrem allumfassenden Verständnis, aus ihren weisen, unergründlichen Augen an.

„Also sind wir und doch wieder nicht, weil sich alles scheinbare Erleben innerhalb der Einheit dieses allmächtigen, vereinten Liebesbewusstseins, in einem einzigen Moment, der ewig währt, gleichzeitig vollzieht, trotzdem sich unsere eigenen Erfahrungen völlig real anfühlen!", wiederholte die kleine Fee gedankenversunken. „Somit besteht unsere Bestimmung in der Darbringung unserer Gedanken und Gefühle, die ein jedes universales Geschöpf in freier Wahl auf einzigartige Weise im eigenen Denken, Fühlen und Handeln nach Belieben zum Ausdruck bringen darf!", blickte Amy strahlend auf und rief:

Sobald sich Geist
in uns verbindet
der sich in Schöpfung
wiederfindet
erfüllen wir so
die Bestimmung
direkt aus unserer
Gesinnung.

Erfahrung ist
uns hier bestimmt
mit jeder Wahl sie

neu beginnt
in uns befindet
sich die Kraft
die alles Große
leicht erschafft.

Somit ist
universaler Geist
der Ursprung der
Bewusstsein heißt
dass sich allein
durch uns erfährt
in dessen Geist
der ewig währt.

„Darum hast du uns also auch nicht unsere Lebensauf-
gabe verraten, weil wir in jedem Moment, immer wieder
frei, in eigener Verantwortung darüber entscheiden dürfen,
wie wir uns zum Ausdruck bringen möchten, nicht wahr,
Gorki? Denn jeder von uns, ob groß oder klein, verkörpert
in dualer Spiegelung einen unsterblichen Teil des Ganzen,
die sich in absoluter Einzigartigkeit natürlich auch auf
einmalige Weise zu erfahren vermag", rief die kleine Fee
überschwänglich.

„Dem gibt es von meiner Seite nichts hinzuzufügen,
Amy. Dann wollen wir uns jetzt einmal das duale Erleben
der Menschen ein bisschen genauer ansehen", zwinkerte
die Hüterin der Weisheit den fünf Freunden fröhlich zu.

Duales Erleben.

„Das ist ja spannend!", überschlugen sich die lautstarken Stimmen der fünf Freunde vor Begeisterung am Ufer. „Wer hätte das gedacht, dass wir nicht nur ewige Aspekte einer universalen Einheit verkörpern, sondern diese durch unsere reingeistigen Schöpfungen auch noch lebendig werden lassen?!", zwitscherte das kleine Rotkehlchen beglückt. Das Licht der Sonne hatte unterdessen einen warmen, goldenen Glanz angenommen, was den herannahenden Spätsommerabend bereits erahnen ließ. Dankbar betrachtete die kleine Fee ihre Freunde, die ihr mit dieser überraschenden Reise nicht nur Hoffnung, sondern auch ein völlig neues Leben geschenkt hatten. Denn die neu erwachte Lebendigkeit und Frische, die sie in jeder Zelle ihres Körpers verspürte schien der Anfang von etwas ganz Neuem zu sein, auch wenn Amy noch nicht wusste, wohin sie dies führen würde.

Und Gorki, die alles, was sie ausmachte selbstlos zu geben bereit war, wobei sie in jeder Lebenslage vollkommen in sich selbst zu ruhen schien, war wahrlich ganz besonders, zogen Amys Gedanken in aufrichtiger Bewunderung weiter. Die kleine, schneeweiße Eule war nicht nur eine großartige Hüterin universaler Weisheit, sondern vermittelte diese ebenso besonnen wie sie darüber wachte. „Ob ich auch jemals den Menschen in solch einer Ruhe behilflich zu sein vermag?", blieb Amys Blick gedankenverloren an der kleinen Eule hängen.

„Selbstverständlich, Amy, sonst wärst du doch jetzt nicht hier", schrak die kleine Fee bei den Worten der Hüterin der Weisheit aus ihren Gedanken auf. „Aber woher weißt du?", stammelte Amy sichtlich irritiert. „Also die Kunst der Telepathie beherrschen wir doch alle, nicht wahr? Aber gerade eben warst du so tief in deine Gedanken versunken, dass du nicht einmal bemerkt hast, wie du leise vor dich hingemurmelt hast, Amy", antwortete Gorki lachend. „Und da wir nun allesamt wieder anwesend sind, wenden wir jetzt unsere bewusste Aufmerksamkeit dem dualen Erleben der Menschen zu", blinzelte die Hüterin der Weisheit vergnügt und sagte:

Was immer wir
auch hier erfahren
lässt Geistigkeit
auf Erden strahlen
so achtet stets auf
was ihr seht
damit die Spiegel
ihr versteht.

Doch nicht nur
unser Gegenüber

von links nach rechts
drunter und drüber
bedingt sich alles
dementsprechend
gnadenlos ehrlich
unbestechlich.

Aus eins wird
somit immer zwei
das grenzt ja fast
an Hexerei
was innen ist
muss außen sein
das Wahre wie
auch dessen Schein.

„Das hast du toll gesagt, Gorki", riefen Amy, Flossi, Hanne, Fritz und Emma begeistert wie aus einem Munde, worauf sich die kleine Eule freudig vor ihnen verneigte. „Das bewusste Wissen und Verständnis dualen Erlebens innerhalb der gegensätzlichen Erfahrungsspektren positiver und negativer Gefühls- und Gedankenkraft, ist das kostbarste Hilfsmittel, mit dem sich die Menschen selbst wieder erkennen und das eigene Leben, in der Reflektion dieser inneren und äußeren Transzendenz, besser verstehen und gezielt ausrichten lernen können", erzählte Gorki weiter.

„Beginnen wir also nun mit den ersten Spiegelungen der Dualität, in welcher sich das vereinte, universale

Bewusstsein aus sich selbst, der reingeistigen Ebene heraus, in dessen geistiger Vorstellung in zwei getrennt voneinander existierende, gegensätzliche Schwingungsspektren, der positiven und negativen Gefühls- und Gedankenkraft, teilt, deren einzelne Aspekte die begrenzende Wahrnehmungs- und Ausdrucksmöglichkeit des Unterbewusstseins bilden", hielt die Hüterin der Weisheit einen Augenblick bedächtig inne.

„Aus dieser ersten Spiegelung gehen somit zwei absolut gegensätzliche Pole, das unendliche, universale Bewusstsein, die allmächtige, vereinte Natur eines jeden Geschöpfes sowie deren dualer Gegensatz, das inhaltlich beschränkte Unterbewusstsein, hervor. Dadurch stehen sich der sich selbst, wie der Einheit allen Lebens allzeit bewussten, offenen, selbstlosen, mitfühlenden, neutralen, allumfassenden Wahrnehmungs- und Ausdrucksform vereinten universalen Bewusstseins, die bewusst wie unbewusst wertende, unterscheidende, unterbewusste Selbsterfahrung gegenüber, deren beschränkte Erlebnismöglichkeit in direkter Verknüpfung mit der verfügbaren Statik des Unterbewusstseins erfolgt, in welcher neutrale Informationen wie Wissen und Fähigkeiten, aber auch unterscheidende, wertende Überzeugungen, unterdrückte Züge des eigenen Wesens und verdrängte Erfahrungen hinterlegt sind", erklärte die kleine Eule ruhig.

„Demnach ist es einem Menschen in bewusst wertender Wahrnehmungsform möglich, sich gegenwärtig zu erfahren, dennoch vermögen sich die ausgedrückten Inhalte nur nach deren Vorgaben zu entfalten, so wie es auch der unbewusst wertende Ausdruck vorsieht, dessen sinnliche Impulsaufnahme automatisch mit der vorhandenen Statik des Unterbewusstseins verknüpft wird, wodurch unbewusst unterbewusste Wahrnehmungen und Handlungen generiert werden. Die gegenwärtige, wertfreie Perspektive birgt in sich das Potenzial grenzenloser Erfahrungen da ein Mensch in dieser geistigen Offenheit über das gesamte Möglichkeitsspektrum vereinten Bewusstseins verfügt. Infolgedessen birgt die vereinte, universale Wahrnehmungs- und Ausdrucksform in sich alle Möglichkeiten, wogegen alles unterbewusste Erleben eines Menschen immer auf deren ausgedrückte Inhalte begrenzt ist", zeigte Gorki ihnen die Unterschiede menschlicher Wahrnehmung auf.

„Den neutralen Speicherplatz des menschlichen Unterbewusstseins könnt ihr euch wie eine aktive und passive Matrix vorstellen. Die aktive Statik bildet sich aus angeeignetem Wissen und Fähigkeiten, verdrängten Erfahrungen, die ausnahmslos verleugnete Anteile des reingeistigen Wesens reflektieren, sowie den unterscheidenden positiv und negativ wertenden Überzeugungen eines Menschen. Weiterhin befinden sich dort auch jegliche Urinformationen, wie der genetische Bauplan und alle automatisierten lebenserhaltend ausgerichteten Funktionen wie zum Beispiel das Atmen und der Herzschlag, der dafür sorgt, dass das Blut durch den körpereigenen Magnetismus, der sich aus der beständigen Anziehung und Abstoßung positiver und negativer Gedanken und Gefühle aus Herz und Geist ergibt, spiralförmig durch den gesamten Blutkreislauf gepumpt wird. Demzufolge lässt sich für uns erkennen, dass sich der gesamte, menschliche Organismus einerseits nach den ursächlich vorhandenen, genetisch verfügbaren Urinformationen ausrichtet, die allerdings von den stetig wechselnden, wertenden Überzeugungen und verleugneten Aspekten eines Menschen überlagert werden", berichtete die Hüterin der Weisheit weiter.

„Somit gelangen alle in vereintem Bewusstsein erfahrenen Erlebnisse automatisch in die passive Matrix des Unterbewusstseins, eine scheinpersönliche Akasha, die in der ewigen Verbundenheit allen Lebens gemeinsam die Akasha Chronik, wie auch die Weltenseele genannt wird, bilden, in der jegliche Geschehnisse naturgemäß allgegenwärtig verfügbar sind."

„Einseitig positiv wertende, aber auch schmerzvolle Erfahrungen und Erinnerungen, denen ein Menschen zum erlebten Zeitpunkt nicht in vereintem Herzbewusstsein imstande zu begegnen war, sowie jegliche wertenden Überzeugungen, bringen sich aus der aktiven Matrix so lange selbstbeschränkend zum Ausdruck, bis diese selbstverleugneten, getrennt erscheinenden Aspekte in der wertfreien Annahme der jeweiligen Erfahrung bewusst wieder dem eigenen Wesen zugeführt werden, wodurch diese Glaubenssätze abschließend aus der aktiven in der passiven Matrix verschwinden", erklärte ihnen die kleine Eule ausführlich.

„Jegliche Erfahrungen innerhalb des dualen Erlebens-spektrums entstehen allein aus der Möglichkeit heraus Unterscheidungen zu treffen, darum sind Wertungen auch für keinen Menschen unumgänglich", hob die Hüterin der Weisheit deutlich hervor.

„Vielmehr gilt es für die Menschen wieder zu lernen, bewusst ihre Wahrnehmungs- und Ausdrucksformen zu erkennen und diese miteinander in harmonischen Ein-klang zu bringen. Zwar mag ein wertender Ausdruck in gegenwärtiger Wahrnehmung positiv wie negativ erfol-gen, doch freie und grenzenlose Erfahrungen vermögen Menschen ausschließlich im Bewusstsein ihrer vereinten Herzwahrnehmung zu erleben. Denn die holografische Selbsterfahrung, die direkt dem vereinten Bewusstseins-funken eines Menschen entspringt, lässt diese im Herzen innerlich die allumfassende Verbundenheit der Einheit allen Lebens empfinden und ausdrücken, trotzdem die Dinge äußerlich getrennt erscheinen.

Im Gehirn hingegen erfolgt die Informationsverarbei-tung durch die zwei Hirnhälften, was in einem Menschen die täuschende holografische Vorstellung erzeugt, innerlich wie äußerlich voneinander isoliert zu erscheinen, getrennt. Somit wird holografisches Erleben direkt aus dem Herzen immer einheitlich und aus dem Geist stets trennend wahr-genommen. Die Menschen verfügen über schöpferisches Herzbewusstsein und Geist, folglich verkörpern diese das gesamte Schwingungsspektrum selbstloser Liebe, deren gegensätzlich dual ewig entsprechende, einzelne Aspekte diese Zeit ihres Lebens aufgefordert sind, gedanklich und gefühlt in harmonischen Einklang miteinander zu bringen", sagte die Hüterin der Weisheit mit sanfter Stimme.

„Dementsprechend existiert ursprünglich nichts außer dem universalen Bewusstsein selbst, auch wenn dies in dualer Spiegelung einem Menschen in dessen Erleben völlig anders vorkommt. Somit gilt es für die Menschen in jedem Augenblick mit jeder Wahl der eigenen Gedanken und Gefühle neu darüber zu entscheiden, in welcher der drei unterschiedlichen Wahrnehmungsformen sie diese zum Ausdruck bringen möchten. Und dies ermöglicht einem Menschen im Zustand vereinten Bewusstseins jederzeit in bewusster Erkenntnis sich von einstmals dienlichen Überzeugungen zu lösen, sobald diese als selbstbegrenzend erkannt werden, was in innerem wie äußerem Erleben für heilende Befreiung sorgt", machte die kleine Eule eine eindrucksvolle Pause, bevor sie ohne Umschweife fortfuhr.

„Gegenteilig vermögen aber auch die im Unterbewusstsein hinterlegten Inhalte die Entsprechung bewusst wertend gegensätzlich zum Ausdruck gebrachter Vorgaben zu blockieren, da sich in diesem Zustand immer nur das Erfüllen kann, was mit den eigenen statischen Inhalten übereinstimmt. Somit entspringt jeglicher geistige wie physische Zustand, entweder den im Unterbewusstsein gespeicherten Vorgaben, deren Impulse von der aktiven rechten wie passiven linken Gehirnhälfte scheinbar getrennt von der Einheit allen Lebens erscheinende, holografische Erfahrbarkeit erzeugen, wie auch dem ewig vereinten Herzbewusstsein. Die Kunst des bewussten Menschseins besteht also in der gezielten Balance, deren Wahrnehmungs- und Ausdrucksmöglichkeiten diese allzeit den eigenen Wünschen gemäß in beständigem Wechsel zum Ausdruck zu bringen. Und dies verlangt von ihnen bewusst innerlich aus dem Gleichgewicht zu geraten wie auch in diese innere Harmonie wieder zurückzukehren, da die permanente Verschmelzung der Gegensätze unweigerlich zu Stillstand führen würde", nickte die kleine Eule dem bebrillten Goldfisch einvernehmlich zu.

„Folglich verfügen die Menschen über die Möglichkeit gegenwärtige Ereignisse neutral wie wertend zu erfassen, was stets Auskunft über den jeweiligen Bewusstseinszustand gibt. Gleitet nun aber die Konzentration eines Menschen vom bewussten Erleben in die unbewusste Wahrnehmung ab, wobei die gezielte Aufmerksamkeit nicht mehr auf das gegenwärtige Denken, Fühlen und Handeln der gerade erfahrenen Situation gerichtet ist, werden der Fluss der Gedanken und Gefühle sowie die daraus resultierenden Impulse zur Handlung übergangslos aus der aktiven Matrix des Unterbewusstseins gesteuert, welche die sinnlich aufgenommenen Informationen direkt mit deren verfügbarer Statik verknüpft, welche dann so lange unbewusst unterbewusstes Erleben generieren, bis der Mensch dessen geistige Ausrichtung wieder bewusst auf die momentanen Ereignisse lenkt und dabei bewusst wie unbewusst von Neuem darüber entscheidet, in welcher Wahrnehmungsform sich dieser auszudrücken wünscht", bemerkte Gorki tiefgründig.

„Soll das etwa bedeuten, dass Menschen, deren Erleben unbewusst aus den Gedanken und Gefühlen des eigenen Unterbewusstseins heraus gesteuert werden, überhaupt nicht wirklich da sind?", kreischte die kleine Fee bestürzt auf. „Funktionieren die Menschen dann wie Marionetten, wenn sie nicht bewusst bei allem, was sie denken, fühlen und tun allzeit präsent sind, etwa ohne dies zu bemerken?"

„Dabei müssen sie sich ja den in sich permanent wiederholenden Gedanken und Gefühlen wie auch stetig wiederkehrenden Ereignissen in ihrem inneren wie äußeren Erleben hilflos ausgeliefert fühlen, weil sie in diesem Zustand der eigenen Unbewusstheit gar nicht bemerken, dass sie einfach nur automatisiert funktionieren, anstatt sich selbstbestimmt in gegenwärtiger Bewusstheit zum Ausdruck zu bringen!", schlug die kleine Fee entsetzt ihre Hände vor den Mund.

„Ja, Amy, diese Erkenntnis ist bitter, besonders wenn man bedenkt, wie viele Menschen sich noch in ebendiesem unbewusst eingeschränkten Wahrnehmungszustand befinden und ausdrücken, ohne dies zu bemerken. Denn sobald ein Mensch den gegenwärtigen Zustand bewussten Seins verlässt, übernimmt wie nach einer bewusst durchgeführten Atmung sofort die unbewusste Atmung, also das

Unterbewusstsein die Steuerung des Menschen, da dessen Funktion naturgemäß auf Fortbestand und Überleben ausgerichtet sind", antwortete Gorki.

„Und wenn Menschen sich über einen längeren Zeitraum überwiegend unbewusst aus der wertenden Statik ihrer aktiven Matrix selbsterfahrend ausdrücken, ohne sich dessen bewusst zu sein, führt dies unweigerlich zu einer Identifizierung mit den bewussten wie unbewusst wertenden zum Ausdruck gebrachten Unterscheidungen und verleugneten Aspekten, was illusorischerweise geistig mit einer eigenständig von anderen getrennt existierenden Persönlichkeit verwechselt wird, welche die Menschen das Ego nennen, was uns direkt zum wahren Selbst und falschen Ich hinführt", antwortete die kleine Eule einfühlsam.

Das wahre Selbst und falsche Ich.

„Heilige Scheiße, das ist ja hochdramatisch!", entfuhr es Amy, worauf sie ihre Freunde sprachlos anstarrten. „Was? Wie soll man das denn sonst bezeichnen?", blickte sie sich schulterzuckend um. „Stellt euch das nur mal vor wie Menschen an unsichtbaren Fäden ihrer eigenen Wertungen und Überzeugungen gefesselt wie Marionetten über diese Erde tanzen! Das ist ja wie ein Puppentheater!", schnaubte die kleine Fee aufgebracht. „Aha, da ist es ja auch schon, das Feen-Ego", blinzelte die Hüterin der Weisheit belustigt. „Was ist denn ein Feen-Ego jetzt schon wieder? Ich dachte hier geht es gerade um ein falsches Selbst und wahres Ich oder auch umgekehrt?", schüttelte Amy irritiert ihre blonden Locken.

„Hahaha, bei uns geht es jetzt sogar um alles zusammen", lachte die schneeweiße Eule herzlich. „Um das Ego, das scheinbar unterscheidende, trennende Ich eines sich bewusst wie unbewusst wertend zum Ausdruck bringenden Menschen, dessen Inhalte, mit denen sich dieser fälschlicherweise begrenzend identifiziert, ausschließlich der aktiven Matrix des eigenen Unterbewusstseins entspringen. Und selbstverständlich auch um den freien, selbstlosen Ausdruck, den jeder Mensch auf die ihm eigene

Weise auszudrücken hier auf die Erde gekommen ist, dem wahren Selbst, der ewig vereinten, reingeistigen Natur des universalen Bewusstseins, welches sich spielerisch über alle Begrenzungen erhebt." „Tja und auch um das Feen-Ego", blickte Gorki die kleine Fee verschmitzt an. „Deren Bildung eines imaginären Charakters wie bei den Menschen durch die gegenwärtige Bewusstheit, in der sich eure Gattung der Elementare als teils grobstoffliche Wesen befinden, vereitelt wird", zwinkerte ihr die kleine Eule amüsiert zu.

„Feen verinnerlichen die Gültigkeit universaler Ordnung ganz natürlich in ihrem Sosein. Doch was Wesen deiner Gattung nicht ertragen können, Amy, ist Ungerechtigkeit. Denn sobald Geschöpfe der Natur, die ihr mit all eurer Liebe umsorgt, wie du deine Mimi, von Menschen oder anderen Wesen verletzt oder gar zerstört werden, dann erwacht der wertende Teil einer Fee, ein individuell stark ausgeprägter Gerechtigkeitssinn, der sich vielleicht als eine klitzekleines Teilselbst eures Unterbewusstseins beschreiben ließe. Und Gnade demjenigen, auf den sich der Zorn einer Fee richtet, wenngleich auch eure hoch entwickelte, feingeistige Rasse äußerst friedfertiger, verspielter, liebevoller Natur ist", blickte die Hüterin der Weisheit die kleine Fee wissend aus ihren blauen Augen an.

„Oh ja, schwindeln, sich über andere lustig machen, Ungerechtigkeit, Zerstörung, Gewalt sind alles Vorstellungen, die mich alleine in Gedanken schon so wütend machen, obwohl ich diese selbst niemals erlebt habe", gab die kleine Fee offen zu. „Das ist verständlich", nickte die kleine Eule. „Aber bedenke, Amy, dass Gedanken, Gefühle und Handlungen aus einem urteilenden Blickwinkel niemals vereinter, universaler Wertfreiheit entspringen, was stets eine mindere eingeschränkte Ausdrucksform des eigenen grenzenlosen Wesen darstellt und der Ausdruck des negativen Gedanken- und Gefühlsspektrums ein absolut ebenbürtiger Anteil universalen Bewusstseins darstellt", wählte Gorki ihre Worte mit Bedacht.

„Und in diesem allumfassenden Verständnis sollte die Aufmerksamkeit stets zurück auf die gegenwärtig erfahrene Situation gelenkt werden, in welcher wertfreies Mitgefühl uns dazu befähigt, jedem Selbst die Freiheit und Verantwortung für das eigene Denken, Fühlen und Handeln zu überlassen", strich ihr die kleine Eule liebevoll eine widerspenstige, blonde Locke aus der Stirn.

„Bewusste Wertfreiheit, die stets aufrichtiges Mitgefühl ausdrückt, ist keinesfalls ein Mangel an Anteilnahme, sondern eines der kostbarsten Geschenke, die du dir selbst und anderen Wesen machen kannst. Denn im Ausdruck urteilsfreier Annahme erlaubst du dir selbst und anderen in dieser Offenheit euer wahres Wesen, die bedingungslose Liebe vereinten Bewusstseins, in aller Wertfreiheit zu erfahren", erinnerte sie die Hüterin der Weisheit einfühlsam.

„Stimmt, Gorki, das will ich mir merken. Schließlich hat jeder von uns das Recht, sich auf diese Weise darzubringen, wie es diesem beliebt, ohne dabei einer äußeren Wertung zu unterliegen, da schließlich alle Lebensformen, Gedanken und auch Gefühle, positive wie negative Frequenzen, gleichwertige Aspekte des dualen universalen Schwingungsspektrums repräsentieren", murmelte die kleine Fee nachdenklich.

„Was innen ist muss außen sein", blickte Amy abrupt auf. „Folglich erfährt jeder von uns die Freuden und Leiden des eigenen Denkens, Fühlens und Handelns absolut wertfrei der inneren, schöpferischen Ausrichtung entsprechend durch Herz und Geist. Und dabei offenbart alles, was wir anderen nicht zugestehen, unseren eigenen, inneren Mangel, oder Gorki?", fragte die kleine Fee ein wenig unsicher. „Diese alles verändernde Weisheit, Amy, hast du absolut richtig erkannt", lächelte ihr die kleine Eule anerkennend zu, bevor sie weitersprach:

Bewusstsein ist in
uns der Engel
das Ego unbewusst
ein Schlingel
beherrscht es den
der nicht begreift
dass Trennung nur
im Geiste weilt.

Die Täuschung schlägt
dann aufs Gemüt

als Schleier der
die Sicht eintrübt
gemein und listig
scheint das Spiel
dich zu beherrschen
dessen Ziel.

Doch hast du dies
einmal verstanden
bestimmst du selbst
bewusst das Handeln
denn unser Wille
lenkt den Geist
genau dorthin
wo du ihn weist.

„Du, Gorki, was sind denn das für Streiche, die das urteilende Ego-Selbst den Menschen spielt?", fragte die kleine Fee neugierig. „Das Schlimmste, was den Menschen durch den beständig wertenden Ausdruck aus der aktiven Matrix des Unterbewusstseins heraus droht, ist das Vergessen ihrer unzerstörbaren, reingeistigen Natur", antwortete die kleine Eule ernst.

„Menschliche Wesen sind Schöpfer, die ihr individuelles Erleben bewusst wie unbewusst fortwährend aus der grenzenlosen Vorstellungskraft ihrer Herzen sowie aus der begrenzten Statik ihres Geistes erschaffen. Doch über das universale Wissen sowie die allumfassende Bewusstheit deren reingeistiger Natur verfügen derzeit noch wenige

Menschen auf diesem Planeten, meine Lieben", blickte Gorki in die gebannt lauschenden Gesichter der fünf Freunde.

„Die heutige Menschheit steht gerade erst am Anfang der herausfordernden Aufgabe, ihr wahres Selbst, die eigene, universale Herkunft mitsamt all deren großartigen Fähigkeiten, über die Menschen im vereinten Bewusstseinszustand völlig natürlich verfügen, wiederzuentdecken. Denn menschliche Wesen sind geistige Schöpfer, die durch ihr einmaliges Dasein die reingeistigen Vorstellungen universalen Bewusstseins, in deren holografisch erlebten Scheinrealitäten, lebendig werden lassen. Natürlich sind Menschen keinesfalls die einzigen, geistig schöpferischen Lebewesen in diesem Universum und schon gar nicht innerhalb der grenzenlosen, geistigen Vorstellung des universalen Bewusstseins selbst, und besser oder schlechter als andere Lebensformen macht sie dies auch nicht!", lachte die Hüterin der Weisheit vergnügt.

„Alles Leben hat dessen natürliche, ebenbürtige Berechtigung und gehört als einzelner Teil des Ganzen der ewigen Einheit universalen Bewusstseins an. Denn vom kleinsten, formlosen Teilchen bis hin zur grobstofflichsten Schwingungsform drückt sich vereintes Bewusstsein selbst allgegenwärtig auf einzigartige Weise durch alle Lebensformen aus, wenngleich diesen in dualer Spiegelung ihr geistiges und physisches Erleben auch völlig real vorkommt. Doch wie das in dualer Reflektion nun mal so ist, bringen die vielfältigen Wahlmöglichkeiten einzelner Gedanken und Gefühle nicht nur Freiheit, sondern ebenso Verantwortung mit sich. Denn wie du völlig richtig erkannt hast, Amy, erzeugt die innere Ausrichtung eines Menschen deren geistiges und physisches Erleben, wobei der neutrale Speicher des Unterbewusstseins allzeit offen für Fremdeinflüsse ist, die Menschen durch die eigene, wertende Anerkennung meist unwissend in sich aufnehmen. Somit entgehen Menschen niemals der aus der Wahl der eigenen Wahrnehmungs- und Ausdrucksform resultierenden Entsprechung ihrer dargebrachten Gedanken und Gefühle. So mächtig sind die Menschen, meist noch, ohne dies zu ahnen", seufzte die kleine, schneeweiße Eule.

„Das Ego oder falsche Selbst eines Menschen ist somit nichts, was in einer festen Form existiert wie die rechte und linke Gehirnhälfte, durch die positive und negative Gedanken und Gefühle getrennt voneinander erscheinendes, holografisches Erleben erzeugen, die das geteilte, elektromagnetische Feld des Geistes generieren. Nein!", schlug die Hüterin der Weisheit kurz mit ihren Flügeln. „Unterscheidend zum Ausdruck gebrachte Gefühle und Gedanken entspringen stets der aktiven Matrix des Unterbewusstseins, dessen Sitz auf grobstofflicher Ebene dem Stammhirn zugeordnet werden kann, während sich das vereinte Elektromagnetfeld selbstverständlich im Bereich des Herzens befindet. Somit könnt ihr euch das Egoselbst wie einen dunklen Schatten vorstellen, dessen Größe und Schattierungen sich aus der Anzahl der in der aktiven Matrix befindlichen Glaubenssätze bildet, welcher das

Licht im Herzen eines Menschen und damit deren gesamtes Wesen für diese meist unsichtbar überschattet", beschrieb ihnen die kleine Eule gewissenhaft.

„Also beschränkt das falsche Selbst, das sich aus all den wertenden und verleugneten Unterscheidungen und Anteilen eines Menschen, bewusst wie unbewusst, direkt aus dem Unterbewusstsein zum Ausdruck bringt, diesen doch, den wertfreien Blick auf ihre wahre, unsterbliche, reingeistige Natur! Aber dadurch vergessen die Menschen doch eines Tages die duale Spiegelung und verlieren sich in ihren eigenen, geistigen Illusionen! Das ist wohl der gemeinste Streich, den ich mir vorstellen kann! Denn ist die offene Perspektive eines Menschen erst einmal begrenzt, eignen sich diese doch automatisch immer mehr Wertungen an, was dazu führt, dass die eigene Bewusstheit unbemerkt in Vergessenheit gerät. Und wenn dann diese geistige Beschränktheit in einem Menschen die Fähigkeit verkümmern lässt, alles nur Vorstellbare bewusst mit vereintem schöpferischem Herz sowie die wertende Wahrnehmungs- und Ausdrucksform gezielt einzusetzen, werden Menschen doch irgendwann zu genau dem Schatten ihres freien, absoluten Wesens, den sie in der Identifizierung mit ihren eigenen Überzeugungen zum Leben erweckt haben. Ein scheinbar vergängliches, getrennt von anderen existierendes Geschöpf, dessen stets wertend ausgedrückte Denk-, Fühl- und Handlungsweisen in jedem Moment des Seins die freie, universale Natur selbstbegrenzend martert", schluckte die kleine Fee betreten.

Unruhig rutschte Amy auf ihrem Platz umher, während es in ihrem Kopf ratterte. „Wenn sich also die Menschheit ihrer universalen Natur und Verbundenheit wieder bewusst wird, würden sie diese vereinte Liebe, die sie ihrem Ursprung nach sind, doch wieder dementsprechend durch freie, erhabene Ideen und Vorhaben zum Ausdruck bringen", sann die kleine Fee laut. „Hier und jetzt spüre ich mit meinem ganzen Sein, dass es zu meinem ureigenen Ausdruck gehört, den Menschen dabei zu helfen, sich ihrer wahren Natur wieder bewusst zu werden. Denn wenn die Menschheit wieder in ihre vereinte, universale Bewusstheit zurückfindet, sind ihnen schöpferisch keinerlei Grenzen mehr auferlegt, was bedeutet, dass sie selbstbestimmt, jeder von ihnen auf einzigartige Weise, den Himmel, die ewige universale Einheit, nicht nur in sich, sondern auch im Außen, hier auf Erden zu erschaffen und erleben imstande sind", klatschte die kleine Fee verzückt in ihre Hände, wobei ein warmes Gefühl ihr Herz und den Bauch wohlig durchströmte.

„Leute, ich habe meine Bestimmung gefunden, den Dienst, in den ich mich vollkommen hingeben möchte, natürlich ohne meine Mimi dabei zu vernachlässigen. Irgendwie wird sich schon die richtige Lösung für uns beide finden", strahlte Amy vor Freude. „Freunde, ich möchte den Menschen dabei helfen, ihre wahre Natur wiederzuerkennen, um sich im bewussten Verständnis über deren geistige Beschränkungen zu erheben, indem sie ihre schöpferische Allmacht selbstbestimmt zum Ausdruck bringen. Denn schließlich haben die Menschen in ihrer unbewussten, geistigen Täuschung schon genug gelitten. Und das soll für jeden, der sich über das geistige Gefängnis trennender Überzeugungen erheben möchte, ein für alle Mal vorbei sein. Wir alle sind vereintes Bewusstsein, die Liebe, deren gesamtes Spektrum wir geistig und sinnlich zu erfahren hier sind, anstelle ebenbürtige Anteile deren Wesen unterdrückend auszugrenzen", sprang die kleine Fee überwältigt von ihren eigenen Emotionen auf.

„Auf die Liebe, die wir sind und alles, was da kommen mag", rief Amy aus vollem Herzen und streckte dabei ihre Hand aus, in die ihre Freunde, allesamt ohne zu zögern, einschlugen. „Hey, und was ist mit mir?", meldete sich Gorki sogleich. „Du bist und bleibst wirklich dabei, Gorki?", blickte Amy die kleine, schneeweiße Eule ergriffen an. „Ja, was glaubst du denn, kleine Fee? Meinst du wirklich ich lasse mir als Hüterin der universalen Weisheit dieses die Welt erleuchtende Abenteuer entgehen?", legte sie erneut abschließend ihren schneeweißen Flügel oben auf.

„Und ich kann mit gut vorstellen, wer auch noch mit von der Partie sein möchte", schmunzelte sie geheimnisvoll. Und ehe es sich die fünf Freunde versahen, hatte sich die Hüterin der Weisheit auch schon in den spektakulären, wie ein Flammenmeer entzündeten, Abendhimmel erhoben und flog mit kraftvollen Schwingen auf und davon.

Und wie geht´s jetzt weiter?

„Und wie geht´s jetzt weiter?", rief Amy der bereits hoch über ihnen fliegenden, kleinen Eule hinterher. „Wo sie nur hin will? Und warum gerade jetzt?", murmelte die kleine Fee verständnislos. „Also ich habe da ja so eine Idee", rückte Flossi bedächtig seine ewig schief sitzende, dicke, braune Hornbrille wieder einmal zurecht.

„Na dann raus mit der Sprache, oder sollen wir dir etwa alles aus den Kiemen kitzeln?!", forderte Hanne ihren schuppigen Freund unbedarft heraus. „Nicht so ungeduldig, meine Liebe, was übrigens gar keine so schlechte Idee ist", zog sie der gelb-orange gestreifte Goldfisch im Gegenzug auf worauf die kleine Igelin eindrucksvoll ihre Stacheln aufstellte. „Also, ihr zwei werdet doch hier und jetzt nicht etwa anfangen zu kämpfen oder?", blickte der kleine, schwarze Amselrich ungläubig von einem zum anderen, worauf allesamt in übermütiges Gelächter ausbrachen.

„Ich bin mir ziemlich sicher, dass Gorki zu Nelly, ihrer Freundin, geflogen ist", platzte Flossi unvermittelt heraus. „Ja, aber wer und was um Himmels willen ist Nelly denn eigentlich?", zog die kleine Fee ahnungslos ihre Schultern hoch. „Wer oder was Nelly genau ist weiß ich ebenso wenig, wie ich wusste, dass Gorki, die Hüterin der Weisheit, eine schneeweiße Eule ist", antwortete der bebrillte Goldfisch offenherzig. „Das Einzige, was ich über sie gehört habe ist, dass sie auch eine Weise wie Gorki sein soll und dass die beiden ganz dicke Freunde sind, aber was sie genau ist und weiß, wollte mir niemand sagen", verriet ihnen Flossi alles, was er wusste. „Na ja, wenn Gorki sie kennt und es als nötig erachtet, uns mit ihr bekannt zu machen, ist es sicher wichtig", piepste das kleine Rotkehlchen vertrauensselig. „Damit hast du wohl recht, Emma", nickte Hanne, und zu ihrer aller Überraschung landete Gorki in diesem Moment auch schon wieder neben ihnen.

„Puh, hast du mich erschreckt!", fuhr Amy ruckartig herum. „Dann habt ihr sicher über mich gesprochen, denn sonst gäbe es ja keinen Grund sich zu erschrecken, nicht wahr?", blinzelte die kleine Eule belustigt. „Ja, das haben wir, Gorki. Wir haben überlegt, ob du vielleicht zu Nelly, deiner Freundin, geflogen bist?", entgegnete Flossi unbekümmert. Überrascht zog die Hüterin der Weisheit ihre Brauen hoch. „Woher wisst ihr von Nelly?", schien ihr eindringlicher Blick den gelb-orange gestreiften Goldfisch zu durchbohren. „Na ja, als wir dich ausfindig gemacht haben wurde im gleichen Atemzug auch von Nelly gesprochen, aber was und wer sie ist, wissen wir alle nicht", gab Flossi wahrheitsgetreu zu.

„Nun, vor euch kann man aber auch gar nichts verbergen! Ja, ihr Lieben, ich war wirklich bei Nelly, die bereits auf dem Weg zu uns ist", lachte die kleine Eule herzlich, ohne jedoch weitere Details preiszugeben. „Und wie geht es jetzt weiter?", blickte Gorki amüsiert in die Runde. „Dass gerade du das fragst ist lustig. Amy wollte auch schon wissen wie es jetzt weitergeht", zwitscherte Emma erheitert. „Genau!", nickte die kleine Fee. „Denn ich habe da mal eine Frage", blickte sie die Hüterin der Weisheit offen an. „Dann mal raus mit der Sprache, kleine Fee", ermutigte sie die kleine Eule, sich offen mitzuteilen.

„Okay, Gorki, es geht um diese Beschränkungen, nicht das statisch gespeicherte Wissen oder die persönlichen Fähigkeiten der Menschen, sondern um die wertenden, positiven und negativen Glaubenssätze, die sich in deren Unterbewusstsein befinden. Du sagtest eben, dass neben den eigenen Überzeugungen und Werturteilen eines Menschen auch fremde Einflüsse auf deren aktive Matrix einwirken. Und darüber würde ich gerne mehr erfahren", platzte die kleine Fee freimütig heraus.

„Prima, Amy, das ist eine sehr wichtige Frage, der wir hier und jetzt gemeinsam auf den Grund gehen wollen", nickte die Hüterin der Weisheit hocherfreut. „Wie wir wissen entstehen Erfahrungen aus der Wahl, in drei unterschiedlichen Wahrnehmungsformen Unterscheidungen zu treffen, welche sich auf geistiger und körperlicher Ebene in Form von bewussten wie unbewussten, vereinten und unterscheidenden Gedanken, Gefühlen und Handlungen zum Ausdruck bringen. Doch wenn man darüber nachdenkt, kann die heutige Menschheit eigentlich gar nicht für ihren überwiegend unbewusst wertenden Ausdruck verantwortlich gemacht werden, da ihnen ihre allumfassende Bewusstheit, mit der sie in diese Welt gelangen, noch bevor sie willentlich etwas dagegen unternehmen können, bereits von ihrem unmittelbaren Umfeld wieder genommen worden ist. Und dennoch obliegt es jedem einzelnen Menschen, sich selbst wieder aus dieser eigenen und fremdbeeinflussten, täuschenden Scheinidentität zu befreien. Was für eine Ironie, nicht wahr?", schweifte Gorkis Blick einen Moment gedankenverloren in die Ferne.

Wortlos betrachteten die fünf Freunde die kleine Eule, bis diese sich plötzlich schüttelte und in gewohnter Achtsamkeit ihre Erzählung fortsetzte. „Die kindlichen Schöpfergötter gelangen völlig gegensätzlich der menschlichen Vorstellung weder unwissend noch unbewusst in diese Welt. Nein!", bedachte Gorki jeden Einzelnen der fünf Freunde mit einem gütigen Blick. „Menschenkinder im Mutterleib und Neugeborene verfügen völlig natürlich über die allumfassende, vereinte, universale Wahrnehmung. Uns zwar so lange, bis diese unschuldigen Wesen ihren menschlichen Vorbildern gemäß, sich überwiegend durch die körpereigene Sinneswahrnehmung zu erfahren, beginnen, welche direkt mit den statischen Inhalten ihres während der Schwangerschaft und nach der Geburt fremd wie auch später eigens programmierten Unterbewusstseins verknüpft ist, woraus sich die schleichende Identifizierung mit dessen verfügbaren Informationen ergibt."

„Folglich beginnt sich ab der Geburt die gegenwärtige, offene Sicht eines Kindes einzuschränken, noch bevor diese die Möglichkeit bekommen, mit spielerischer Leichtigkeit ihr universales Potential frei zu entfalten, ohne dass die kleinen Schöpfergötter in ihrer anfänglichen, körperlichen Bedürftigkeit bewusst etwas dagegen unternehmen können", seufzte die kleine Eule tiefgründig.

„In allumfassender Bewusstheit verkörpern diese unschuldigen, absolut vollkommenen Menschenkinder, allein durch die Niederkunft in ihre zarten und bedürftigen Körper, das vereinte Frequenzspektrum universaler Liebe, aus der sie gezeugt und geboren wurden, wie das vollendete Urvertrauen deren lebendiger Entsprechung beweist. Somit ist jedes Menschenkind eine allumfassende Vereinigung jeglicher Gegensätze, das sich auf die ihm ureigene Weise hier darzubringen in diese Welt einzutreten entschlossen hat. Brillante Schöpfergötter, ihr Lieben, die vor ihrer geistigen Begrenzung bewusst in all ihrem Sein vollkommen präsent sind", lächelte die Hüterin der Weisheit warmherzig:

Was wäre es
auf Erden schön
würd diese Welt
die Kinder hören
denn Liebe lebt
in ihren Herzen
die gütig löst auf
alle Schmerzen.

Die Kleinen können
Großen zeigen
wie sie die Flügel
weit ausbreiten
Bewusstheit gilt
es zu erhalten
anstatt das Herz
davon zu spalten.

Bedingt wird dadurch
vielmehr Täuschung
ein falsches Selbst
statt der Erleuchtung
erkennt was fügt euch
zu das Leid
damit ihr euch
davon befreit.

„Nochmals heilige Scheiße! Das wird ja immer schlimmer!", sprang die kleine Fee bebend vor Entsetzen auf. „Soll das etwa bedeuten, dass die Menschenkinder vollbewusst in ihr irdisches Leben eintreten, aber ihr wahres allmächtiges Selbst bereits wieder verloren haben, noch bevor sie dieses selbstbestimmt zum Ausdruck bringen können?!"

„Wie sollen sie sich denn dann jemals an ihren ursprünglichen Seins-Zustand erinnern können? Das bedeutet ja, dass die kleinen Menschenkinder in ihrer anfänglichen Bedürftigkeit absolut wehrlos fremdbestimmter geistiger

Gehirnwäsche ausgesetzt sind!", brüllte Amy außer sich vor Empörung.

„Amy, das Feen-Ego", strich ihr Gorki besänftigend mit dem Flügel über den Kopf. „Das menschliche Unterbewusstsein ist nun mal ein neutraler Speicherplatz, der nicht von einem mächtigen Tor, vor dem sich ein schützender Hüter befindet, bewacht wird. Die Menschen waren nicht immer so unbewusst wie heute, doch darüber sprechen wir noch ausführlich, wenn die Zeit dafür gekommen ist."

„Wir haben uns gemeinsam der Evolution des menschlichen Bewusstseins verschrieben, und das ist alles, was hier und jetzt gerade zählt. Und diese innere Verpflichtung, die jeder von uns mit offenem Herzen getroffen hat, bietet uns die wundervolle Möglichkeit, gerade die Hilflosesten unter den Menschen, ihre Kinder, zu schützen, indem wir alle Kinder des Lichts wieder an die tief in ihnen schlummernden Weisheiten erinnern, durch die sich diese jederzeit ihrer freien, unzerstörbaren, reingeistigen Natur wieder bewusst werden können", sagte die kleine Eule bestimmt.

„Die heutige Menschheit steht an einem Scheideweg, durch dessen eigene Wahl ein jeder Einzelne von ihnen bestimmt, wohin der zukünftige Weg sie führen wird. Was wir zum Wohle des Erdgeschehens bewusst beitragen können, ist niemals unsere Offenheit und Neutralität zu verlieren, indem wir unser vereintes Herzbewusstsein stets weit geöffnet halten, ganz gleich, was auch immer uns auf dieser Reise begegnet. Die Bereitschaft zur permanenten Selbstreflektion und das daraus resultierende Verständnis, das Leben in jeglicher Form sich auf einzigartige Weise erfährt und darbringt, führt erst im Wissen um die universale Ordnung und reine Geistigkeit zu dem mitfühlenden Verständnis, welches einzig dem vereinten Herzbewusstsein eines jeden Menschen erwachsen kann. Denn die Einheit des vereinten, universalen Schwingungsspektrums, der positiven und negativen Gedanken und Gefühlskraft, als ursächlich absoluten Wesenskern anzuerkennen, stellt eine im Schein des Materialismus ziellos umherirrende Gesellschaft gerade in dieser Zeit äußerst herausfordernd auf die Probe", bemerkte die Hüterin der Weisheit einfühlsam.

„Sei gewiss, Amy, sobald die Menschheit die Allmacht vereinten Bewusstseins bewusst in sich wiederentdeckt, begreifen diese auch, welche Schätze ihre Kinder nicht nur für sie, sondern ebenso für alles Leben dieses Planeten bedeuten. Denn reiner, vollkommen im Sein präsenter, kindlicher Geist vermag allgegenwärtig durch deren offene Vorstellungskraft und absolut ehrlich ausgedrückte Emotionalität in jedem Moment mit der Allmacht ihres vereinten Bewusstseins alles nur Vorstellbare geistig wie körperlicher Natur auf Erden zu manifestieren", sagte die kleine Eule ernst. " „Aber wie, wo und wann fängt denn dann die geistige Verwirrung der Menschenkinder eigentlich richtig an?", fragte die kleine Igelin mit zitternder Stimme.

Wie, wo und wann fängt
die Verwirrung eigentlich an?

„Mit dem Anfang des Lebens beginnt das duale Wechselspiel zwischen dem vereinten, universalen Bewusstsein und dem Unterbewusstsein, Hanne", wandte sich die Hüterin der Weisheit direkt der kleinen Igelin zu.

„Menschliches Leben entsteht wie alles Leben ursprünglich im Wasser, in der Verbindung männlicher und weiblicher Zellen mit dem feinstofflichen Resonanzkörper des vereinten, universalen Bewusstseins. Somit verfügt jedes Embryo ab dem Moment der Zeugung auf feinstofflicher Ebene über ein vereintes Herzbewusstsein ebenso wie ein Unterbewusstsein, in dem sich der genetische Bauplan, der aus dieser vereinigten Schwingungsfrequenz hervorgegangen ist, befindet. Dadurch beginnt die Einflussnahme und Veränderung der sich im Unterbewusstsein befindenden, ursprünglichen DNA mit dem mütterlichen Energiefluss, der in vereintem Zustand über den Herzschlag und getrennt über den Solarplexus wie die Nabelschnur übertragen wird, wonach sich während der gesamten Schwangerschaft die geistige Entwicklung und das körperliche Wachstum eines Kindes ausrichten", beschrieb ihnen die kleine Eule genau.

„Hm, aber das würde ja bedeuten, dass wenn das Unterbewusstsein ebenso wie das Bewusstsein eines heranwachsenden Fötus ab dem Moment der Empfängnis in deren Energiekörper vorhanden sind, das Unterbewusstsein der kleinen Menschen bereits im Mutterleib durch diese beeinflusst wird. Denn mit der Übertragung von Lebensenergie, welche direkt der aktiven mütterlichen Matrix entspringt, werden doch gleichfalls auch deren wertende Überzeugungen dem Unterbewusstsein ihres Kindes eingeprägt, oder Gorki?", blickte Amy die Hüterin der Weisheit fragend an.

„Absolut, Amy, der mütterliche Wahrnehmungszustand bestimmt während der Schwangerschaft nicht nur die Qualität der eigens aus Gedanken und Gefühlen erzeugten, verfügbaren Lebensenergie, sondern gibt in diesem übermittelten Informationsfluss, der im vereinten Herzbewusstsein über deren Herzschlag und im unterbewussten Zustand durch den Solarplexus als dessen grobstoffliches Verbindungsglied die Nabelschnur fungiert erfolgt, dementsprechend auch die geistigen und körperlichen Entwicklungsmöglichkeiten eines Kindes vor", sagte die Hüterin der Weisheit ruhig.

„Das bedeutet also, dass das Unterbewusstsein eines im Mutterleib heranwachsenden Kindes von Anbeginn entsprechend den unterbewusst übermittelten Informationen und wertenden Überzeugungen der Mutter programmiert wird", wiederholte die kleine Igelin verblüfft. „Absolut,

Hanne, zum einen werden die Kinder auf diese Weise energetisch mit allem versorgt, was deren körperliches Wachstum zur Entwicklung benötigt und dabei gleichfalls auf geistiger Ebene direkt auf das unmittelbare Lebensumfeld vorbereitet, in das die furchtlosen, kleinen Helden eines Tages hineingeboren werden. Darum bildet auch die Bewusstheit der Mutter, die sich der Verantwortung ihres geistigen Wesens und Zustands gewahr ist, den Grundstein für die zukünftige, freie Entfaltungsmöglichkeit und Vitalität ihres Kindes", überraschte Gorki Hanne, Flossi, Fritz, Emma und Amy gleichermaßen.

„Demzufolge nehmen auch die Auswahl und Qualität der Nahrung, existentielle Ängste und Konflikte, Stress und Unsicherheit, negative Schwingungseinflüsse des elektrischen Stromnetzes und Haushaltsgeräte ganz besonders Mikrowellenstrahlung, Funktelefone, Handymasten, TV und Radiofrequenzen je nach Bewusstheit der Mutter Einfluss auf ihr inneres Gleichgewicht, wie auch die Einwirkungen deren sozialen Umfelds ebenfalls indirekt zur Programmierung der aktiven, kindlichen Matrix beitragen", fuhr die kleine Eule ohne Umschweife fort.

„Auf diese Weise befindet sich der heranwachsende Nachwuchs bereits während der Schwangerschaft durch dessen allumfassende, vereinte Herzwahrnehmung in regem Austausch mit den eigenen Eltern wie auch deren Lebensumfeld. Wohlig behütet in der Geborgenheit der Fruchtblase genießen die kleinen Menschenkinder die liebevollen Berührungen ihrer Eltern ebenso wie sie die hochschwingenden Klänge klassischer Musik zwar durch die Bauchwand zu diesem Zeitpunkt weder mit ihren Sinnen hören noch spüren können, dennoch erfassen diese die wohlvertrauten, vereinten, universalen Schwingungsfrequenzen der Liebe voll bewusst mit ihrem vereintem Bewusstsein und bringen ihren werdenden Eltern strampelnd ihre Begeisterung und Beschwerde dar, wenn diese nicht bewusst auf ihren telepathischen Kontakt reagieren", lächelte Gorki vergnügt.

„Ja, und so genießen die Säuglinge in der Regel die ersten neun Monate in der sicheren Geborgenheit des Mutterleibes, bevor das Abenteuer der irdischen Inkarnation direkt mit einer Herausforderung beginnt", holte die kleine Eule tief Luft. „Und diese allererste Mutprobe ist wahrlich deren eigene Geburt, welche meist in sterilen Kreissälen, dessen grelles, künstliches Licht und kalte Atmosphäre das Wohlgefühl von Mutter und Kind gleichermaßen mindern, was beidseitig das körpereigene Stresslevel erhöht. Ebenso wird seit nunmehr vielen Jahren vermehrt in die natürlichen Geburtsvorgänge unnötig eingegriffen, wobei den Neugeborenen wichtige, körpereigene Aktivierungen und erste lebensgrundlegende Erfahrungen der Nähe, Vertrauen und Stabilität versagt werden", sorgten Gorkis Worte nun rundum für besorgte Mienen.

„Einstmals weilte noch das bewusste, ehrfurchtsvolle Verständnis für die Großartigkeit dieses wundervollen

Vorgangs in den Herzen der Menschen. Hebammen, die man auch heute noch weise Frauen nennt, verhalfen werdenden Müttern ihre Kinder frei von Angst in allumfassender Bewusstheit zu gebären, bis eine große Anzahl dieser helfenden Weisen der beschränkten, menschlichen Unbewusstheit zum Opfer fielen. In einigen Ländern dieser Erde gibt es heutzutage kaum noch Hebammen, da ihnen die Ausübung ihrer liebevollen, weisen Gabe durch erschwerte Rahmenbedingungen wie zum Beispiel kaum bezahlbare Versicherungsprämien, die mit niedrigen Vergütungen einhergehen, extrem erschwert werden", nahm die Hüterin der Weisheit kein Blatt vor den Mund.

„Stellt euch nur einmal vor, was diese kleinen, großen, menschlichen Helden dieser unbewussten Menschheit für ein lebensbejahendes Vertrauen entgegenbringen, indem sie sich freiwillig dazu entscheiden, die schützende Sicherheit des Mutterleibs zu verlassen. Furchtlos, in der absoluten Gewissheit ihres Versorgtseins signalisiert ihr universales Bewusstsein durch eine erhöhte Adrenalinausschüttung eigenständig die Bereitschaft zum Eintritt in die physische Welt, und leitet somit absolut selbstständig das Wunder der natürlichen, menschlichen Geburt ein", erklärte die kleine Eule feierlich.

„Sobald sich der Säugling im Mutterleib in die richtige Position gedreht hat, werden beim Durchgleiten des Geburtskanals alle Nervenbahnen und feinstofflichen Energiezentren aktiviert. Das Platzen der Fruchtblase bewirkt durch das ablaufende Fruchtwasser, dass die Nase befreit und der Geruchssinn angeregt wird, durch dessen direkte Verbindung zum Gehirn nun aus dem herrlichen Unterbewusstsein heraus direkt nach der Geburt der erste Atemimpuls erzeugt wird", hielt Gorki ehrfurchtsvoll inne.

„Aber dies ist noch lange nicht alles", lächelte die kleine Eule. „Weiterhin werden in diesem Zusammenhang das Herz-Kreislauf-System und der Stoffwechsel in ihren zarten Körpern aktiviert, der sich nun für die Aufnahme und Ausscheidung physischer Nahrung umzustellen beginnt. Zugleich signalisiert das vereinte, universale Bewusstsein eines Neugeborenen ebenfalls völlig eigenständig den für diesen abgeschlossenen Abnabelungsprozess, in dem die Nabelschnur die Mutter und Kind auch nach der Geburt noch immer verbindet, vom Körper des Säuglings ausgehend auszutrocknen beginnt", berichtete die Hüterin der Weisheit weiter.

„Und sobald die Nabelschnur eines Neugeborenen endgültig durchtrennt wird, tritt der vollkommene Ausdruck universaler Liebe in menschlicher Verkörperung unwiderruflich in das illusorische, duale Erlebensspektrum ein, da nun der allumfassenden, universalen Wahrnehmung die erheblich eingeschränkte, körpereigene Sinneswahrnehmung geistig wie körperlich erfahrbar gegenübersteht."

„Demzufolge generiert die Urprogrammierung des Unterbewusstseins sofort die sinnestäuschende Illusion der

Schwerkraft, die dem menschlichen Gehirn beständig vermittelt, dass die reingeistige Natur des Menschen scheinbar an den physischen Körper gefesselt ist, was den Glaube einer Identifizierung mit der eigenen Körperlichkeit bestärkt. Demnach stehen sich ab dem Eintritt in das duale Erfahrungsspektrum das vereinte Bewusstsein und das Unterbewusstsein, Herz, Geist und Solarplexus sowie die universale Wahrnehmung ebenso wie die körpereigene Sinneswahrnehmung mitsamt all ihren vereinten wie scheinbar gegensätzlich getrennt erscheinenden Frequenzspektren, geistig und physisch erfahrbar, gegenüber. Wie ihr seht haben die kleinen Menschenkinder bereits beim Eintritt in diese Welt eine ganze Menge zu tun und dabei in ihrem inneren zu verkraften", hob die kleine Eule bedeutsam hervor.

„Darum können auch grelles, künstliches Licht, kaltes Metall, elektronische Geräte, Medikamente sowie unbekannte Menschen durch deren geballt negativ geladenen Energiefluss in einem Neugeborenen, welches erstmals gleichzeitig die universale Wahrnehmung ebenso wie die gerade erst aktivierte beschränkte körpereigene Sinneswahrnehmung in einer solch einseitig überbelasteten Ausrichtung erfährt, dafür sorgen, dass dessen grenzenloses Urvertrauen grundlegend erschüttert und im schlimmsten Fall sogar gänzlich zerstört wird. Solche lebensfeindlichen, traumatischen Stressbelastungen können in einem Kind durch deren plötzlich extrem einseitig negativ ausgerichtetes, körperlich erfahrbares Erleben ein solch emotionales

Schockerlebnis auslösen, dass dieses sich mit dessen allumfassender, höherer Intelligenz bewusst dazu entscheidet, durch eine extrem hohe Adrenalinausschüttung den eigenen Herzstillstand herbeizuführen, welchem die endgültige Trennung der Silberschnur, dem unsichtbaren Verbindungsglied zwischen dem physischen und feinstofflichen Körper in der Region der Milz folgt, was einen plötzlichen Kindstod verursacht", sorgte Gorki nun allseitig für Aufregung.

„Werden die Nabelschnur ebenso wie Mutter und Kind, zu früh voneinander getrennt, nimmt dies ebenfalls Einfluss auf sämtliche Bindungsprozesse im Leben eines Kindes. Denn ein Neugeborenes in diesem Stadium ist nicht bewusst dazu in der Lage das emotionale Traumata einer zu frühen Trennung unmittelbar nach der Aktivierung der körpereigenen Sinneswahrnehmung geistig zu verarbeiten. Darum wandern diese Erinnerungen auch sofort in den statischen Speicher des Unterbewusstseins, von wo aus diese negativen, angstbehafteten Schwingungsfrequenzen fortan Einfluss auf jeglichen Beziehungsaufbau nehmen."

„Denn diese unterbewussten, tief verborgenen Urängste, die stets mit dem sinnlich erfahrenen, hilflosen, schmerzvollen Verlust von Zuneigung, Nähe und Geborgenheit assoziiert werden, bleiben oftmals ein Leben lang unerkannt und sorgen neben Bindungsängsten ebenfalls für ein minderwertiges Selbstwertgefühl und einen Mangel an Urvertrauen in den natürlichen Fluss von Ursache und

Wirkung, dem vertrauensvollen Versorgtsein des Lebens. Und obendrein erhöhen solch frühkindliche Erlebnisse die Wahrscheinlichkeit, sich künftig in der Scheinexistenz eines illusorischen Selbstbildes zu verlieren", nickte die kleine Eule ernst.

„Denn die Trennung der Nabelschnur initiiert nun mal auf körperlicher Ebene den Eintritt in das duale Erfahrungsspektrum, wodurch der vereinten, universalen Liebe, das ein Neugeborenes allumfassend im Ganzen verkörpert, urplötzlich scheinbar getrennte, duale Aspekte der Liebe wie körperliche Zärtlichkeit, Wärme und Sicherheit, aber auch Angst, Schmerz und Einsamkeit sinnlich erfahrbar gegenüber stehen. Darum sollte ein bewusster Geburtsvorgang auch immer in vertrauensvoller Atmosphäre, mitfühlendem Verständnis, in aller Ruhe und Geduld begleitet werden, ganz gleich wie kompliziert sich eine Geburt auch gestalten mag. Denn mit der Rücksichtnahme auf die Bereitschaft eines Kindes in das irdische Leben einzutreten, bringt man dessen vereinter, universaler Natur die demutsvolle Achtung entgegen, der allmächtiges Bewusstsein gebührt", sagte die Hüterin der Weisheit mit klarer Stimme.

„Ein medizinisch unnötiger Kaiserschnitt oder auch die Periduralanästhesie bringen einen Säugling um die natürliche Aktivierung dessen Energiekörpers und sorgen durch die Betäubung für eine Wahrnehmungsverzerrung der vereinten Verbindung zwischen Mutter und Kind gerade zu dem Zeitpunkt, in dem es all ihre Liebe und voll bewusste

Unterstützung am allernötigsten braucht", schimmerten die Augen der kleinen Eule für einen Moment verdächtig.

„Denn aus dieser ersten, bestehenden Mutter-Kind-Bindung, während der Schwangerschaft sowie bei und nach der Geburt, erwächst in den kleinen Menschen das für sie körperlich spürbare Urvertrauen, dessen sicheres Versorgtsein die kleinen Menschenkinder besonders zu Beginn wie auch zeit ihres irdischen Lebens von ihren Eltern wie auch ihrem sozialen Umfeld beständig bedingungslos erfahren sollten, um sich in ihren Körpern hier in dieser Welt allumfassend geliebt, angenommen und geborgen fühlen zu können", schlug Gorki kurz mit ihren Flügeln.

„Allerdings wird bei Klinkgeburten heutzutage in den seltensten Fällen einer Mutter ihr Kind nach der Geburt lange genug auf die linke Brust über ihr schlagendes Herz gelegt, dessen wohlvertrauter Rhythmus dem Baby Sicherheit und Geborgenheit vermittelt. Ein jedes Kind ist einzigartig, darum verdient es auch die Zeit, die es für die Verarbeitung des inneren Abnabelungsprozesses, durch das Austrocknen der Nabelschnur von dessen Körper aus abschließend signalisierend, individuell benötigt. Und um diesen Vorgang vertrauensvoll vollenden zu können ist die Anwesenheit des Vaters allzeit, jedoch ganz besonders während der Geburt, von grundlegender Bedeutung, da erst durch ihn die Einheit, aus der es entstanden ist, sofort nach der Geburt nun auch körperlich fühlbar wird", erklärte die kleine, schneeweiße Eule ihren ergriffenen Zuhörern.

„Eine natürliche Geburt wie auch das Bewusstsein der Mutter sind somit für die geistige und körperliche Entwicklung eines Kindes von weitreichender Bedeutung, da natürlich jedem medizinisch unnötigen Eingriff immer die entsprechende Auswirkung gegenübersteht. Und jeglichen daraus erwachsenden, selbstbegrenzenden Strukturen, die sich tief im Unterbewusstsein eines Kindes einnisten, vermögen im schlimmsten Fall lebenslang unbemerkt der freien Entwicklung und Erfahrbarkeit eines glücklichen Lebens in Liebe und Fülle entgegenzuwirken."

„Eines Tages werden die Menschen die reingeistige Einheit, der sie entspringen und aus der sie selbst geistig wie körperliches Leben hervorbringen, wieder ebenso ehren wie auch das heilige Geburtsrecht ihrer Kinder anerkennen, deren vereintes Bewusstsein am besten weiß, wann es bereit ist, den Verwirrungen des dualen Erlebens zu begegnen", bemerkte die Hüterin der Weisheit tiefgründig:

Die Kinder sind
der Liebe Leben
vertrauensvoll
euch übergeben
ihr freies Wesen
zu entfalten
indem sie Ausdruck
selbst gestalten.

Räumt daher alles
euren Kindern

beiseite was sie
daran hindern
geliebt und sicher
sich zu fühlen
damit die Herzen
nicht verkühlen.

Denn jedes lichte
Menschenkind
vertraut dessen
Umgebung blind
in aller Unschuld
strahlt ihr Licht
das lächelnd klärt
auch eure Sicht.

Geheimnisvoller Torus.

„ **W** elche Freuden und Leiden sich im Wunder der menschlichen Geburt offenbaren", stieß die kleine Fee einen tiefen Seufzer aus. Mittlerweile war die Sonne untergegangen und das funkelnde Licht der Sterne erleuchtete die mondhelle Nacht. Nachdenklich lag Amy auf ihrem Bauch und betrachtete über den Rand der Böschung hinweg ihr eigenes Spiegelbild, das sich undeutlich auf der dahinplätschernden Oberfläche des Flusswassers abzeichnete. Das sich Menschsein dermaßen herausfordernd gestaltete, hätte sie nie im Leben gedacht. Doch so war es nun mal und dies galt es für sie wie auch die Menschen zu akzeptieren. „Hm, und jetzt?", setzte sich Amy gemächlich auf und blickte erwartungsvoll um sich.

„Jetzt lüften wir das Geheimnis des Torus, Amy", flüsterte die kleine, schneeweiße Eule in die abendliche Stille hinein. „Also, ganz egal wie geheimnisvoll das auch immer hier jetzt wird, ich muss auf jeden Fall zuerst einmal etwas in den Schnabel bekommen, denn sonst kann ich nicht mehr denken", tschilpte der kleine, schwarze Amselrich bestimmt. „Sehr gute Idee, Fritz. Mir hängt der Magen nämlich auch schon fast in den Krallen." „Und ich falle vor Hunger gleich von meinen dünnen Beinchen", fielen

105

Hanne und Emma zustimmend mit ein. Und noch bevor Amy wusste, wie ihr geschah, waren nicht nur Emma, Fritz und Hanne verschwunden, sondern auch Flossi ohne einen Laut von sich zu geben einfach untergetaucht. „Tja, Amy, dann bleiben also nur noch wir beide und der geheimnisvolle Torus", lächelte die Hüterin der Weisheit verschmitzt und begann ohne Umschweife zu erzählen.

„Wie wir wissen bilden alle positiven und negativen Gedanken und Gefühle gemeinsam die reingeistige Natur vereinten Bewusstseins, dessen gesamtes Schwingungsspektrum das grenzenlose, universale Wahrscheinlichkeitsfeld generiert. Und wir", schloss Gorki mit ihren weit geöffneten Flügeln alle Schöpfung mit ein, „drücken in unserer jeweiligen Präsenz eine dieser unendlichen Möglichkeiten aus, die ursächlich als einzigartige Farb- und Klangkombinationen in dessen geistiger Vorstellung existieren."

„Zwar erscheint uns unsere Existenz in den niederen Schwingungsgraden physischer Dichte, deren langsam schwingende Drehzahlen die Voraussetzung der Erfahrbarkeit innerhalb eines Körpers sowie der Materie bilden, täuschend echt, trotzdem spielt sich alles Erleben immer nur im geistigen Naturell der selbstlosen Liebe ab. Und diese bewusste Erkenntnis, dass alles Leben ursächlich geistige Ausdrucksformen des reingeistigen Bewusstseins verkörpern, bilden das grundlegende Verständnis des ersten, universalen Ordnungsprinzips geistiger Schöpfung, deren Energiefeld den Menschen als Torus bekannt ist", veranschaulichte ihr die kleine Eule einleitend.

„Leben existiert niemals wirklich voneinander getrennt, da das universale Bewusstsein eine ewige Vereinigung absoluter Gegensätze darstellt, dessen mannigfaltige Aspekte wir in dessen geistiger Vorstellung lebendig erscheinen lassen. Und so wie wir ausnahmslos im Geist der bedingungslosen Liebe präsent sind, erzeugen Menschen mit ihren geistig schöpferischen Fähigkeiten ebenfalls die Sinnestäuschung holografischer Erfahrung, in der sie meinen, sich getrennt voneinander wie ihrem Ursprung zu erleben. Also ist alles, was ist, reingeistiger Natur und als Ausdruck der Geistigkeit universalen Bewusstseins zu verstehen", wiederholte die kleine Fee Gorkis Worte bedächtig.

„Absolut, Amy, dieses mag zwar für Menschen, die emotional noch mit ihrer geistigen Scheinidentität verhaftet sind, äußerst befremdlich klingen, doch je mehr sich diese von ihren selbstbegrenzenden Überzeugungen lösen, desto befreiender vollzieht sich Erkenntnis und Erfahrung darauf in ihrem innerem und äußeren Erleben", stimmte Gorki der kleinen Fee einvernehmlich zu.

„Der Torus, das für das menschliche Auge unsichtbare Schwingungsfeld aus dessen Zusammenwirken aus geistiger Ebene holografische Projektionen entstehen, umgibt jedes schöpferische Lebewesen wie einen wulstartig geschwungenen Rettungsring, der im permanenten Aussenden und Empfangen sich stetig anziehender und abstoßender positiver und negativer Gedanken und Gefühle, den gegengeschlechtlichen Kräften, aus denen sich die gegensätzlichen Energiespektren der Einheit universalen Bewusstseins ergeben, fortwährend generiert wird."

„Demnach vollzieht sich Schöpfung auf allen Seins-Ebenen in der Verschmelzung absoluter Gegensätze, ausgehend von der ursprünglichen, reingeistigen Einheit, der naturgemäß auf geistiger Ebene die feinstoffliche Verbindung positiver und negativer Gedanken und Gefühle folgt, und dessen Prinzip sich natürlich auch auf physischer Ebene in der Leben schaffenden, gegengeschlechtlichen Vereinigung von Mann und Frau sowie jeglicher anderen Lebensform entspricht. Und diese siebte Weisheit des Torus enthüllt uns, dass die Verbindung des Männlichen und Weiblichen sich nicht nur auf physischer Ebene in der Geschlechtlichkeit vollzieht, sondern führt uns den Spiegel universaler Polarität auf allen Bewusstseinsebenen vor Augen", verriet Gorki der kleinen Fee, die gebannt ihren Worten lauschte, ohne sie zu unterbrechen.

„Die zweite reingeistige Entsprechung, welche an der Entstehung des Energiefelds des Torus beteiligt ist, besagt, dass sich im Kleinen wie im Großen stets das ganze, vereinte, universale Bewusstsein befindet, da dessen feinstofflicher Resonanzkörper ursächlich jegliche Lebensform belebt. Und daraus ergibt sich unweigerlich, dass dessen einzelne Aspekte ursächlich, jeweils einzigartige Schwingungskombinationen des Lichts, die aus Klang und Farbe in dualer Spiegelung gleichwertige Anteile des gesamten Spektrums universalen Bewusstseins repräsentieren. Somit bilden das Verständnis, dass jegliche Form, ob es sich dabei um feinstoffliche Gedanken, Gefühle oder grobstoffliche Materie handelt, in dualer Spiegelung ursächlich jeweils einzigartige Schwingungsfrequenzen des gesamten Möglichkeitsspektrums ausdrücken, die jeweilig ein Teil sowie das Ganze in ihrem Sosein vereinigen, was uns die dritte und vierte Säule geistiger Schöpferkraft enthüllt", verkündete die kleine Eule beschwingt.

„Somit verbleiben nunmehr nur noch das fünfte und sechste universale Ordnungsprinzip, die uns das Verständnis nahebringen, dass die Intensität der jeweilig ausgedrückten Gedanken und Gefühle, welche die Ursächlichkeit jeglicher geistigen wie physischen Entsprechung bilden, ebenso wie der Grad an Aufmerksamkeit, den wir einer Sache widmen, unweigerlich über die Stärke und das Ausmaß entscheiden, in der sich das Ergebnis auf der vorgegebenen Erfahrungsebene in unserem Leben manifestiert. Und damit ist der Torus, das energetische Schwingungsfeld geistiger Schöpferkraft, auch schon komplett", strahle die Hüterin der Weisheit über das ganze Gesicht.

Gedankenversunken blickte Amy an der kleinen Eule vorbei, bis sie plötzlich den Kopf hob und die Worte nur so aus ihr hervorsprudelten. „Der Torus verrät uns also, nach welchen universalen Ordnungsprinzipien sich geistige Schöpfung vollzieht, die es uns ermöglicht, direkt aus unserer Vorstellung heraus die täuschende Illusion getrennt voneinander erscheinender, geistiger und körperlicher

Erfahrungen zu machen. Darum ist alles, was ist und jemals sein wird ursprünglich reingeistiger Natur, ein vereintes Schwingungsspektrum, das sich aus zwei absolut gegensätzlichen Energiefeldern, der Gefühls- und Gedankenkraft zusammensetzt, deren gegengeschlechtliche positive und negative Frequenzen in ihrer Vereinigung, jeweils eine Einheit bilden. Und je nachdem, wie oft und intensiv wir an etwas denken und uns dabei fühlen, bestimmen die Stärke und Häufigkeit, die wir jeder dieser Ursächlichkeiten widmen, in welcher Form wir diese geistig erzeugten Vorstellungen dementsprechend auch erfahren. Tja, und weil das ewig vereinte, universale Bewusstsein nun mal unser aller Natur, ist befindet sich dieses in dessen eigener dualer, geistiger Spiegelung, in der sich dieses ursächlich durch uns selbst erfährt, natürlich auch immer in allem. Wie genial ist das denn?!", sprang die kleine Fee voller Begeisterung auf.

„Also, besser hätte ich es auch nicht sagen können, Amy. Übrigens haben die Menschen dieses geistige, schöpferische Schwingungsfeld im Kleinen bereits um das schwarze Loch, dem universalen Unterbewusstsein, ausgemacht, wenngleich dessen gigantischer Torus natürlich im Großen ebenso das gesamte Schöpfungsspektrum umfasst", verbeugte sich Gorki, von Amys überschwänglicher Begeisterung mitgerissen, vor der kleinen Fee und rief:

Gesagt, gefühlt
und auch gedacht
haben die Worte

Schöpferkraft
so bringt „ich bin"
stets direkt nieder
was hallt aus unserem
Inneren wider.

Denn was sich
innerlich verbindet
im Schöpferfeld den
Ausdruck findet
somit ergibt
duale Kraft
die Einheit
universaler Macht.

Der Funke eint uns
hier gemeinsam
darum ist niemals
jemand einsam
Verständnis ist
was uns befreit
da Trennung nur
im Geiste weilt.

Das Erwachen der Schöpfergötter.

„W as habt ihr beiden Hübschen denn hier für Geheimnisse?", ertönte Hannes kichernde Stimme plötzlich hinter Gorki und der kleinen Fee. Erschrocken fuhr Amy herum und blickte in das freudestrahlende Gesicht ihrer lachenden Igelfreundin.

„Hey, Hanne, du hast mir vielleicht einen Schrecken eingejagt! Wo kommst du denn auf einmal her?", stemmte Amy mit gespielter Empörung energisch ihre Hände in die Hüften. „Brauchst du etwa ein bisschen Atemgymnastik, um dich zu entspannen, Amy?", ergriff die kleine Igelin flugs ihre Hände und atmete langsam und bedächtig mit geschlossenen Augen ein und wieder aus. „Ich glaube jetzt spinnst du total, Hanne!", prustete Amy lachend heraus, während unmittelbar vor ihr nun auch Flossi seinen schuppigen Kopf aus dem Wasser streckte und mit unschuldiger Miene über den Rand seiner dicken, braunen Hornbrille schielte. „Also, du brauchst erst gar nichts zu sagen, Flossi, denn du bist so, wie du bist, schon komisch genug", japste die kleine Fee atemlos.

„Wo habt ihr eigentlich Fritz und Emma gelassen? Sind die beiden euch etwa unterwegs verloren gegangen?",

kicherte Amy übermütig. „Von wegen verloren gegangen!",
tönte es hinter ihr und bereits im nächsten Moment be-
deckten auch schon zwei schwarze Flügel, die sie von hin-
ten umschlangen, gänzlich ihre Sicht. „Was ist nur los mit
euch?", löste sich Amy lachend aus Fritzis schwarzem Gefieder, der sie gemeinsam mit Emma, die ebenfalls wie aus
dem Nichts aufgetaucht zu sein schien, vergnügt anblickte.
„Dann sind wir jetzt also alle wieder vereint", jauchzte die
kleine Fee ausgelassen und vollführte vor Freude einen
Luftsprung.

„Wisst ihr was? Gorki und ich haben gerade das Energiefeld des Torus entschlüsselt", platzte die kleine Fee
geradewegs heraus. „Wir auch, oder glaubst du etwa wir
hätten das nicht mitbekommen?", gluckste Flossi amüsiert.
„Scheinbar wart ihr zwei gerade so in eure Unterhaltung
vertieft, dass ihr die ganze Welt um euch herum vergessen habt. Also voll gegenwärtig im Sein, sehr vorbildlich,
meine Lieben", neckte sie der bebrillte Goldfisch, worauf
sich Amy lachend ins weiche Moos am Rande der Böschung fallen ließ.
„Na ja, so muss Gorki wenigstens nicht alles noch einmal erzählen, wenngleich mir aber dazu noch eine Frage
eingefallen ist, Gorki. Haben die Worte „ich bin" eigentlich eine besondere Bedeutung?" wandte sich die kleine
Fee unmittelbar der kleinen, weisen Eule zu.

„Oh ja, vor allem für die Menschen haben diese gefühlt,
gedacht und ausgesprochenen Worte eine ganz besondere

Bedeutung, Amy", antwortete Gorki, deren schneeweißes Gefieder im Licht der Sterne golden glänzte. „Gorki, du leuchtest Weisheit. Das ist ja irre!", rief die kleine Fee verzückt. „Ich lasse nur mein inneres Licht strahlen, Liebes", blitzten die hellblauen Augen der Hüterin der Weisheit vergnügt.

„Die allmächtigen Worte „ich bin" bilden den Ausdruck menschlicher Schöpferkraft, dessen nachfolgende Bedeutung positiv wie negativ wertend, bewusst wie auch unbewusst dargebracht, stets die geistige Ausrichtung eines Menschen reflektiert, mit der sich dieser gegenwärtig identifiziert. Und da sich eigens erzeugte Gedanken und Gefühle in vereinter Schwingung nun mal fortwährend mit diesen bereits existierenden Möglichkeiten im vereinten, universalen Wahrscheinlichkeitsfeld Realität erzeugend verbinden, richten sich alle Erlebnisse eines Menschen in der Spiegelung dualer Erfahrungen ausschließlich nach dessen eigener Definition."

„Darum ist und wird ein jeder Mensch auch immer genau zu dem, was dieser zu Sein glaubt, da sich alle zum menschlichen Körper gehörenden Organismen, denen ebenfalls vereintes Bewusstsein innewohnt, beständig nach den wandelnden, geistigen Vorgaben eines jeden Menschen ausrichten, was sich im persönlichen Gemütszustand, der körperlichen Verfassung wie auch im gesamten äußeren Erleben widerspiegelt", zeigte Gorki Amy und ihren Freunden deutlich die Tragweite dieser Verbindung auf.

„Das bedeutet also, dass unmittelbar nach der Trennung der Nabelschnur Menschen in das holografisch spiegelnde Erfahrungsspektrum eintreten, wodurch deren Gedanken, und Gefühle, bewusst wie unbewusst, aus dem Unterbewusstsein wie auch in vereintem Herzbewusstsein dargebracht, jegliches Erleben geradewegs aus dem eigenen Inneren heraus eigenständig generieren, und niemand außer ihnen selbst jemals für die eigenen Gedanken, Gefühle und Erfahrungen verantwortlich gemacht werden können! Aber wie funktioniert das denn eigentlich bei den kleinen Menschenkindern, Gorki?", überlegte die kleine Fee nachdenklich.

„Das ist ganz einfach, Amy. Den kleinen Menschenkindern steht mit dem Eintritt in das duale Erfahrungsspektrum gleichermaßen die körpereigene Sinneswahrnehmung wie auch die allumfassende, universale Wahrnehmung zur Verfügung, die sie dazu befähigt, Geschehnisse wertfrei und zusammenhängend zu erfassen, ohne sich wertend mit diesen zu identifizieren. Da aber das soziale Umfeld meist nicht auf den hoch bewussten Kontakt ihrer Kinder reagiert, bleibt deren Bewusstheit unbemerkt. Somit bewirkt der stetig auf die Sinneswahrnehmung der Kinder ausgerichtete äußere Ausdruck, dass die während der Schwangerschaft übertragene Statik in der aktiven kindlichen Matrix aktiviert wird."

„Folglich reflektiert unbewusstes, unterbewusstes Verhalten der Kinder stets die sich in ihnen befindlichen elterlichen und fremdbeeinflussten Überzeugungen, bis diese eines Tages bewusst erkannt und selbstbefreiend erlöst werden. Demnach beginnt der Grad an Bewusstheit eines Kindes rapide zu sinken, da die sinnliche Impulsverarbeitung nun mal ausschließlich mit der im Unterbewusstsein verfügbaren Statik verknüpft und auch wiedergegeben werden kann."

„Zwar reagieren Kinder zur großen Freude ihres Umfeldes sinnlich entsprechend auf deren Vorgaben, allerdings führt diese einseitige Stimulation der Sinneswahrnehmung unweigerlich dazu, dass deren aktive Matrix immer weitere selbstbegrenzende Informationen aufnimmt, die wiederum die allumfassende, universale Wahrnehmung der kleinen Menschen beständig weiter einschränkt. Und dies führt dazu, dass die allmächtigen, kindlichen Schöpfergötter schleichend die vereinte allumfassende Bewusstheit verlieren, wodurch ihnen die Möglichkeit genommen wird, bereits in jungen Jahren ihre einmaligen Fähigkeiten völlig natürlich darzubringen", antwortete die kleine Eule ausführlich.

„Dennoch entfalten mit zunehmender Bewusstheit der menschlichen Bevölkerung mehr und mehr frühkindliche Schöpfergötter das grenzenlose Potenzial ihrer einzigartigen, universalen Gaben, die sie in einer ursprünglichen Leichtigkeit und Freude ausdrücken, welche die Welt in Erstaunen versetzt", lächelte die Hüterin der Weisheit wissend. „Denn Kinder verfügen in ihrer absoluten Fähigkeit vollkommen gegenwärtig zu sein über die grenzenlose Macht des vereinten Schwingungsfrequenzspektrums, wodurch sogenannte „Wunder" so lange möglich sind, wie deren offene Wahrnehmungs- und Ausdrucksform mit umsichtigem Blick auf die übergeordneten Zusammenhänge der Geschehnisse, statt illusorischer Trennung ausgerichtet sind. Verlieren sich die kleinen Menschenkinder durch äußeres Einwirken dagegen in der eigenen, geistigen Isolation, verzögern und verhindern im schlimmsten Fall diese wertenden Identifikationen und Anhaftungen geistiger wie körperlicher Natur den Ausdruck ihrer wahren, universalen Identität ", hob Gorki bedeutsam hervor.

„Warum meinen dann nur die Erwachsenen ihren voll bewussten Kindern erklären zu müssen, wie sie ihr Leben beschränken? Das macht doch alles keinen Sinn!", schüttelte sich die kleine Fee betroffen. „Weil sie es nicht mehr anders kennen. Viele Menschen haben bereits in jungen Jahren den Zugang zu ihrem universalen Wesen verloren und bringen sich darum überwiegend unterbewusst zum Ausdruck", antwortete die kleine Eule einfühlsam.

„Weißt du, Amy, die Weisheit, dass aus Urteilen und Unterscheidungen nicht nur Erfahrungen, sondern ebenso die leidvolle, geistige Illusion des Getrenntseins voneinander erwächst, die es verhindert jedem Geschöpf in aller Offenheit als einem einzigartigen Ausdruck universalen Bewusstseins ebenbürtig zu begegnen, ist auf Erden nicht mehr sehr weit verbreitet. Denn sobald sich diese erst einmal an den beständigen Strom scheinbar nie versiegender, sich stetig wiederholender Gedanken und Gefühle, die stets die gleichen Denk-, Fühl- und Handlungsweisen in ihnen aktivieren, gewöhnt haben, erscheint ihnen diese trügerische Wahrnehmung und Ausdrucksform irgendwann als ein völlig normaler Seins Zustand", erklärte Gorki ernst.

„Darum befinden sich Menschen, deren Wahrnehmung und Ausdruck überwiegend aus einer einseitig wertenden, positiven wie negativen Perspektive erfolgt, permanent in einem Zustand geistigen und körperlichen Ungleichgewichts, welchem diese in ihrer Hilflosigkeit nicht selten durch Abhängigkeiten zu entfliehen versuchen. Und so führt eine Täuschung in die nächste Illusion, in deren trügerischen Identifikationen sich die menschlichen Schöpfergötter verstricken, bis deren Erinnerung an ihre wahre Natur gänzlich verblasst, was nicht selten zu dem geistig begrenzt zum Ausdruck gebrachten Trugschluss: mein Leben, meine Möglichkeiten und mein Schicksal führt", seufzte die Hüterin der Weisheit.

„Das ist wirklich zu traurig, Gorki. Jetzt verstehe ich auch, warum wir niemals jemanden bewerten oder verurteilen sollen. Denn dadurch bringen wir nicht nur unsere eigene, begrenzte Sicht zum Ausdruck, der obendrein stets die jeweilige Entsprechung folgt, sondern denunzieren auch noch unser Gegenüber", murmelte Amy betreten. „Absolut!", stimmte ihr Gorki aufmunternd zu. „Weißt du Amy, Säuglinge und Kinder sind auf die bedingungslose, elterliche Liebe und Lehren angewiesen, um sich in ihren wundervollen Körpern, die sie geistig wie sinnlich zu erfahren und auszudrücken hier auf Erden sind, zurechtfinden zu lernen. Das einzige Problem hierbei ist nur, dass dieser Ausdruck fast gänzlich auf die körpereigene Sinneswahrnehmung beschränkt ist, doch dies wird sich mit zunehmender Bewusstheit der Menschen verändern."

„Denn die Herausforderung des Menschseins besteht darin, den Ausdruck ihrer reingeistigen Natur in der Körperlichkeit, wie eine Waage, die auch das Unendlichkeitssymbol in Form einer liegenden Acht, in der Lemniskate vorgibt, auszugleichen. Und dabei gilt es, stets alle drei Wahrnehmungs- und Ausdrucksmöglichkeiten bewusst aus der Balance und wieder zurück ins Gleichgewicht zu bringen und zwar ein ganzes, menschliches Leben lang", antwortete Gorki liebevoll.

„Eines Tages werden die Menschen wieder bewusst begreifen, dass all die vielen Regeln, mit denen sie sich selbst das Leben am schwersten machen, nur solange vonnöten sind, wie deren inneres, allumfassendes, universales Wesen und Verständnis nicht anerkannt und gelebt wird. Denn wenn Eltern wahrhaft Eltern sind, können Kinder endlich wieder Kinder sein, da auf diese Weise das Gleichgewicht zwischen beiden in der respektvollen, einfühlsamen Bereitschaft, sich selbst und allem Leben in gegenwärtiger Offenheit zu begegnen, um voneinander zu lernen, wiederhergestellt ist", lächelte Gorki, deren golden schimmerndes, schneeweißen Gefieder in der Dunkelheit wie das funkelnde Licht der Sterne glänzte.

„So langsam bekomme ich eine Ahnung, was auf Erden vor sich geht", blickte die kleine Fee nachdenklich ihre Freunde an. „Wenn die Menschen doch nur die duale Spiegelung, in der ihre Kinder, die Frucht ihrer bedingungslos dargebrachten Liebe, in ihrer ganzen Vollkommenheit verkörpern, wiedererkennen könnten. Dann würden die Erwachsenen endlich auch wieder verstehen, dass die bedingungslose Liebe, die sie ihren Kindern in deren anfänglicher Bedürftigkeit zuteilwerden lassen ebenso von diesen reflektiert wird."

„Denn die kleinen Schöpfergötter beginnen sich wahrscheinlich erst für ihre positiv wie negativ ausgedrückten Gedanken und Gefühle zu schämen, wenn ihre natürliche Offenheit durch die wertenden, elterlichen Vorgaben eingeschränkt wird. Doch anstelle unterbewusst das freie, grenzenlose, geistige Schöpferpotenzial ihrer Kinder zu unterdrücken, sollten sie die großen Menschen doch lieber die Verantwortung der Auswirkung lehren, welche mit dem Ausdruck ihrer ursächlich dargebrachten Gedanken- und Gefühlskraft einhergeht", eiferte sich die kleine Fee.

„Absolut, Amy", nickte die Hüterin der Weisheit zustimmend. „Universales Bewusstsein bildet sich ursächlich in dessen reingeistiger Form aus der Vereinigung positiver und negativer Gedanken und Gefühlskraft. Demzufolge entspringt die gesamte menschliche Verwirrung aus der ursprünglichen Verleugnung ihrer Geistigkeit und deren starrer Weigerung, äußerlich erfahrene Entsprechungen verantwortungsvoll als den eigens dargebrachten Ausdruck anzuerkennen. Stattdessen verstricken sich die Menschen in Schuldzuweisungen und Entschuldigungen, in welche sie sich fügen, anstatt sich dem inneren und äußeren Zusammenhang ihrer geistig generierten, dualen Spiegelungen bewusst in gegenwärtiger Erkenntnis zu stellen und diese als Ursächlichkeiten selbstbefreiend anzuerkennen", seufzte die kleine Eule.

„Aber wie können die Kinder denn dann lernen, die Allmacht ihrer reingeistigen Natur voll bewusst in ihren Körpern wahrnehmen und entfalten zu lernen, wenn ihnen bereits in früher Kindheit die Möglichkeiten dualer Erfahrung durch einschränkende Vorgaben ihres sozialen Umfeldes verweigert werden?", sprang Amy impulsiv auf.

„Denn bis die Menschen ihre eigene Geistigkeit anerkennen, verdammen sie doch auch ihre Kinder zu einem selbstbegrenzten Leben im unsichtbaren Gefängnis unterbewusst dargebrachter Wertungen. Dabei brauchen die Menschen doch nur ihre Herzen wieder zu öffnen und es ihren Kindern nachzumachen, die mit spielerischer Leichtigkeit und Freude alles nur Vorstellbare ins eigene Erleben ziehen. Wenn sich in dieser Welt also etwas ändern soll, dürfen nicht nur die Kinder von ihren Eltern lernen, sondern auch die großen Menschen wieder der natürlichen

Bewusst- und Weisheit ihrer Kinder vertrauen. Und da einfach alles möglich ist, was Menschen für möglich halten, ist doch auch deren Erwachen aus der eigenen, geistigen Unbewusstheit möglich!", rief die kleine Fee leidenschaftlich in den sternenübersäten Nachthimmel hinaus.

„Ja, Amy, eine solche Offenheit und Achtung des kindlichen, schöpferischen Potenzials würde mit Sicherheit innerhalb kürzester Zeit viele unerfreuliche Begebenheiten auf dieser Erde verändern", stimmte ihr die Hüterin der Weisheit zu. „Denn Kinder sind die machtvollsten Schöpfergötter auf diesem Planeten. Darum können wir ihren Eltern auch nur den weisen Rat mit auf den Weg geben, die Einzigartigkeit ihrer Kinder zu ehren, anstatt sie einer leb- und gesichtslosen Masse anzupassen."

„Denn wenn die Menschheit ihren Kindern wieder bewusst zuhört und sie offen dabei unterstützt, sich zu entfalten, ganz wie deren Innerstes es völlig natürlich vorgibt, anstatt unwissend ihr Bewusstsein zu spalten, bis der bewusste Teil ihres vereinten universalen Wesens eines Tages wie eine Pflanze ohne Licht, Wasser und Liebe gleichfalls verdorrt, wird diese Welt erblühen wie es diese menschliche Rasse niemals zuvor auf dieser Erden erlebt hat," hielt die kleine Eule bedächtig inne.

„Doch nicht nur den Kleinen, sondern auch den großen menschlichen Schöpfergöttern wohnt die allmächtige Vorstellungskraft vereinten universalen Bewusstseins inne.

Und diese grenzenlose, reingeistige Macht ermöglicht es ihnen, sich in jedem Moment ihres Seins bewusst von jeglichen, inneren Begrenzungen und Anhaftungen zu lösen. Denn die Einheit universaler Liebe ergibt sich aus Überfluss und Mangel, aus Geben und Nehmen, Freude und Leid sowie zahllosen dualen Gegensätzen, die in absoluter Verschiedenheit einander bis in alle Ewigkeit bedingen."

„Und in diesem bewussten Verständnis verdient es jeder dieser wundervollen Schöpfergötter, ohne jemals etwas dafür tun zu müssen, allumfassend geliebt und anerkannt zu werden, ganz gleich, wie auch immer sich diese innerhalb des dualen Frequenzspektrums ausdrücken und erfahren möchten. Denn erst im bewussten Verständnis und der wertfreien Darbringung ihres Selbst wandelt sich die scheinbare Bürde des Menschseins in ein spektakuläres Fest vereinter geistiger und sinnlicher Erfahrungen. Und dabei können die Kleinen die Großen in ihrer unschuldigen Offenheit wieder lehren, dass jegliche Begrenzungen zu fallen vermögen, ohne dass es wehtun muss", lächelte die Hüterin der Weisheit Amy, Fritz, Flossi, Emma und Hanne bedeutungsvoll zu.

„Menschen sind geistige Wesen, die in physischen Körpern ein beständiges Wechselspiel ihrer Wahrnehmungs- und Ausdrucksformen allumfassend grenzenlos wie auch sinnlich begrenzt erleben. Darum sind Menschen als ursprünglich reingeistige Wesen neben der Darbringung ihrer geistigen Gaben ebenso hier, ihre Sinnlichkeit frei jeglicher Scham auf einzigartige Weise zu genießen und dabei jegliche Erfahrungen innerhalb des gesamten Schwingungsspektrums gleichermaßen als universalen Ausdruck zu würdigen, dessen eigenem Denken, Fühlen und Handeln stets die jeweilige Entsprechung obliegt. Folglich ist niemand dazu verdammt ein trauriges, liebloses, einsames Leben, das von mühevoller Arbeit und Verzicht geprägt ist, zu leben, es sei denn Menschen treffen unbewusst wie bewusst eine solche geistige Wahl", hob Gorki nun in aller Deutlichkeit hervor.

„Des Menschen wahre Natur ist dessen allmächtiges, vereintes Bewusstsein und dieses gilt es nach eigenem Belieben verantwortungsvoll zum Ausdruck zu bringen, indem sie einerseits ihre Sinneswahrnehmung würdigen und gleichfalls bewusst aus Herz und Geist genau das Erleben erzeugen, welches sie auch wahrhaft erfahren wollen. Denn je bewusster sich ein Mensch der eigenen Gedanken, Gefühle und Handlungen ist, desto weniger bekommt das Unterbewusstsein die Chance, sich automatisiert auszudrücken.

Menschen, ehrt euch selbst und eure wundervollen Kinder, und helft ihnen dabei, ihr wahres Wesen auf Erden zum höchsten Wohle frei zu entfalten wie auch euer eigenes. Einem Kind muss man nicht erklären, was sich gehört, denn dieses wissen sie im vollen Bewusstsein um ihre wahre Natur und Einheit weitaus besser. Und schließlich gehört das über die Stränge schlagen ebenso dazu wie sich innerhalb diesen zurechtzufinden. Sicherlich brauchen Kinder ihre Eltern ebenso nötig, wie auch diese sie brauchen, doch in einer völlig anderen Gesinnung wie sie einander noch in unbewusster Unwissenheit entgegengebracht wird", bekräftigte die schneeweiße Eule.

„Es obliegt der menschlichen Natur in bewusster Offenheit einfach alles nur Vorstellbare auszuprobieren. Und sich und andere zu verletzten ist Teil des Entwicklungsprozesses, da sich Menschen, deren allumfassende Bewusstheit eingeschränkt ist, ausschließlich in dualer Selbstreflektion wiederzuerkennen vermögen. Darum gilt es, sich selbst wie auch anderen, immer wieder neu in aufrichtiger Vergebung verzeihen zu lernen und einander jegliche Erfahrungen zuzugestehen, ohne zu verurteilen oder sich selbst zu richten, da die Einheit bedingungsloser Liebe das gesamte positive und negative Frequenzspektrum der Gefühls- und Gedankenkraft umfasst.

Und wenn die Menschen bereit sind die Bürde vermeintlicher Scham und Schuld im Erkennen der absoluten Unschuld ihres vereinten Wesens loszulassen, da jede Wahl ihre Entsprechung vorsieht, dann erwachen die Schöpfergötter auf Erden, ihr Lieben!", breitete die Hüterin der Weisheit plötzlich ihre schneeweißen Schwingen aus und sang lauthals in die mondhelle Nacht hinaus:

Um diese Welt
neu zu gestalten

darf jeder Mensch
sich hier entfalten
wenn lasst ihr ziehen
die Ignoranz
könnt werden ihr
gemeinsam ganz.

Es geht hierbei
nicht um die Schuld
geht lieber, allem
auf den Grund
um zu begreifen
was geschieht
denn lernen kann
nur wer auch sieht.

Die eigene Macht
in sich erkennen
und ausdrucksvoll
sie zu benennen
gilt es mit offenem
freien Geist
dem jeder selbst
die Richtung weist.

Spieglein, Spieglein gegenüber.

„Also, wenn die menschlichen Schöpfergötter alles sind, was sie sich in ihrem Inneren vorstellen können, dann kann ich das schließlich auch!", strahlte die kleine Fee über das ganze Gesicht. „Ja, natürlich kannst du das, Amy. Und was möchtest du denn gerne sein?", fragte sie die Hüterin der Weisheit neugierig.

„Wie ihr wisst möchte ich den Menschen dabei helfen, sich wieder bewusst zu werden", blickte Amy feierlich in die Runde. „Und so wie du, Gorki, eine Hüterin der Weisheit bist, möchte ich eine Hüterin der Kinder sein.Nein!", korrigierte sich die kleine Fee augenblicklich. „Ich bin eine Hüterin der Kinder des Lichts. Denn es ist mein innigster Wunsch den kleinen und großen Schöpfergöttern zu helfen, sich von ihren inneren Einschränkungen zu befreien, damit wir gemeinsam ihr Licht und diesen Planeten wieder zum Leuchten bringen. Ehrlich, ich bewundere die Menschen für ihre Tapferkeit, mit der sie sich unermüdlich durch all diese geistigen Täuschungen und äußeren Verwirrungen hindurchwinden", bekannte die kleine Fee aufrichtig.

„Eine Hüterin der Kinder, also. Da hast du dir ja ganz schön was vorgenommen, Amy. Denn wenn man es genau nimmt sind alle existierenden Geschöpfe Kinder des Lichts, die gemeinsam die ewige Einheit bedingungsloser Liebe, das vereinte Spektrum universalen Bewusstseins, bilden. Sei weise in deiner Wortwahl, kleine Fee, denn alles, was von Herzen kommt, hat die Kraft sich schneller wie ein Herzschlag zu manifestieren", blinzelte Gorki verschmitzt.

„Also, ja, ähm, dann möchte ich mich doch in diesem Fall zuerst einmal als Hüterin der Menschenkinder auf sie konzentrieren, auch wenn ich allen Geschöpfen mit offenem Herzen begegne und helfe, wo ich kann, denn sonst habe ich ja gleich so viel zu tun, dass ich nicht mehr zum atmen komme, auch wenn das unterbewusst funktioniert und ich eigentlich multidimensional bin", kicherte Amy übermütig. „Was für ein Glück wir doch haben!", stieß der kleine, schwarze Amselrich daraufhin einen erleichterten Seufzer aus, worauf am Flussufer wieder herzlich gelacht wurde.

„Dann wollen wir mal den Menschen dabei helfen ihr inneres Spiegelbild im äußeren Erleben wiederzuerkennen", schlug die kleine, schneeweiße Eule munter mit ihren Flügeln. „Zwar handelt es sich hierbei wohl um die schmerzhafteste Erkenntnis, der sich Menschen im Laufe ihres Lebens zu stellen und zu verantworten mögen, dennoch birgt jegliches Leid, dessen gegensätzlicher Entsprechung gemäß in sich auch das wundervolle Geschenk innerer Befreiung, dass die menschlichen Schöpfergötter in den natürlichen Zustand ihrer lange verloren geglaubten Unschuld zurückzuführen vermag. Spieglein, Spieglein gegenüber, zeig mir mein Inneres überall wieder", flüsterte die Hüterin der Weisheit mit sanfter Stimme.

„Das verstehe ich nicht, Gorki! In wessen Spiegel sollen sich die Menschen erkennen?", piepste das kleine Rotkehlchen verständnislos. „Menschliche Erfahrungen ergeben sich kausal aus der dualen Reflektion des gesamten universalen Schwingungsspektrums mit all dessen einzelnen Aspekten, erinnerst du dich, Emma?", wiederholte die kleine Eule geduldig, worauf diese gedankenvoll nickte.

„Und in diesem geistigen Schöpfungsprozess verbinden sich die aus dem Herzen oder Solarplexus ausgesandten und empfangenen Gedanken und Gefühle jeweils zu vereinten Impulsen, deren Frequenzen sich allesamt im universalen Möglichkeitsfeld mit ihrer jeweiligen Entsprechung vereinigen, wodurch direkt auf reingeistiger Bewusstseinsebene alle realitätsgenerierenden Ursächlichkeiten erzeugt werden, die sich inhaltlich weiter auf geistiger wie physischer Erfahrungsebene eines Menschen manifestieren. Demnach spiegelt sich jegliche im Inneren aus Gedanken und Gefühlen erzeugte Ursache in der geistigen und körperlichen Verfassung sowie aller Erfahrungen eines Menschen allgegenwärtig wider", bedachte die Hüterin der Weisheit Emma mit einem gütigen Blick.

„Moment mal, ich hab´s!", sprang Hanne begeistert auf. „Alles Existierende ist in deren Ursprung, unserer universalen Natur gemäß eine Form von Schwingung, die sich in den verschiedensten Graden und Zuständen ausdrücken. Darum können wir Gedanken und Gefühle ebenfalls als individuell wie vereint ausgedrückte Formen bezeichnen, die in der Verschmelzung ihrer dual im universalen Schwingungsfeld bestehenden Entsprechung ebendiese Möglichkeit zum Leben erwecken, die Menschen dann zum Beispiel als emotionale Zustände sowie ihr gesamtes, scheinpersönliches, holografisches Erleben wahrnehmen."

„Also spiegeln alle Begegnungen, Ideen, emotionale Erfahrungen, zwischenmenschliche Beziehungen die eigene Körperlichkeit, wie auch die materiellen Lebensumstände stets das Innere eines Menschen wider. Somit dienen in dualer Spiegelung alle Wesen und Situationen, denen Menschen im Laufe ihres Lebens begegnen, einander als äußerliche Entsprechungen ihrer eigens schöpferisch zum Ausdruck gebrachten Geistigkeit, oder Gorki?", rief die kleine Igelin verzückt.

„Absolut, Hanne. Mit dem Eintritt in das Erfahrungsspektrum der Dualität begegnen Menschen in allem, was ihnen widerfährt, einzig und allein ihrem inneren Spiegelbild", lobte die Hüterin der Weisheit die kleine Igelin überschwänglich.

„Aber Moment mal, das würde ja bedeuten, dass alles Leid, welches die Menschen einander antun, eigentlich die Verletzungen offenbaren, die sie sich selbst zufügen, wobei sie sich in der inneren und äußeren Erfahrung auch noch doppelt bestrafen", tschilpte der kleine schwarze Amselrich schockiert.

„Absolut, Fritz, denn menschliche Reaktionen, die der wertenden Statik des Unterbewusstseins entspringen, werden in persönlicher Anhaftung immer trennend, somit selbst und andere bewertend in ihrem Ausdruck empfunden. Gleichfalls sorgen die im Unterbewusstsein gespeicherten Überzeugungen für sich stetig wiederholende Gedanken und Gefühle, die solange wiederkehrende Erfahrungen gleicher Art erzeugen, bis dieser Kreislauf im bewussten Erkennen eines Menschen schließlich durchbrochen wird", seufzte die kleine Eule wissend.

„Glückliche Erfahrungen ebenso wie Widerstände emotionaler oder materieller Natur geben dementsprechend immer Auskunft über die gegenwärtige, geistige Ausrichtung, Bewusstheit und Wahrnehmungsform eines Menschen. Projektionen der Angst, Wut und Mangel im Spiegel der eigenen Erfahrungen dienen dem Menschen als Hinweisschilder, sich der eigens bewusst wie unbewusst negativ ausgedrückten, selbstbegrenzenden Überzeugungen aus dem statischen Speicher des Unterbewusstseins gewahr zu werden, sowie Glück, Zufriedenheit und Wohlstand auf die positiven Überzeugungen und den vereinten Bewusstseinszustand eines Menschen schließen lassen."

„Darum ist es für die Menschheit essenziell bewusst ihre ursächliche Natur wiederzuerkennen, da erst dieses tief greifende Verständnis ihnen ermöglicht, sich selbst und einander wieder urteilsfrei begegnen zu lernen. Denn nur derjenige ist in der Lage eine eigene freie Wahl zu treffen, der die ewige reingeistige Natur von der Scheinidentität wertender Identifizierungen zu unterscheiden vermag", erinnerte die Hüterin der Weisheit die fünf Freunde nochmals.

„Menschen unterliegen im unbewusst unterbewusst ausgedrückten Zustand oft der einschränkenden Illusion, sich über die Erscheinung und den Ausdruck der eigenen Körperlichkeit definieren zu wollen, anstelle diese als wundervolle, einzigartige Form anzunehmen, durch dass sich deren reingeistige Natur selbsterfahrend innerhalb des niederfrequenten Schwingungsspektrums physischer Dichte zum Ausdruck bringt. Denn Menschen sind geistige Wesen in physischen Körpern, eine fleischgewordene Form vereinter, universaler Liebe. Und dabei spiegeln jegliche Wertungen wie gut und böse, besser oder schlechter, schöner oder hässlicher nichts weiter, als die verschiedensten Wahlmöglichkeiten potenzieller Erfahrungen wider, die menschliche Wesen durch die Macht ihres schöpferischen Geistes in eigener Wahl und Verantwortung in ihrem Leben lebendig werden lassen", verwies die kleine Eule nochmals deutlich auf die Neutralität vereinten, universalen Bewusstseins.

„Des Weiteren geben Angst, Zweifel, Lebensmüdigkeit, jegliche geistige wie körperliche Störungen ebenfalls immer in der jeweilig auftretenden Symptomatik darüber Auskunft, welche emotionalen Disharmonien sich in einem Menschen gerade überwiegend zum Ausdruck bringen. Infolgedessen vollzieht sich die körperliche Degeneration nicht nach deren DNA, sondern ihrer geistigen Ausrichtung, da sich alle fein- und grobstofflich zum Menschen gehörenden Organismen, denen naturgemäß ebenfalls vereintes Bewusstsein innewohnt, stets nach den wechselnden Vorgaben des menschlichen Unterbewusstseins wie auch der hoch bewussten Wahrnehmungsform vereinten Bewusstseins, ausrichten", erklärte die Hüterin der Weisheit weiter. „Echt? Meinst du wirklich, dass Menschen nur altern oder krank werden, weil dies ihren inneren Überzeugungen entspricht, Gorki?", platzte die kleine Fee unverblümt heraus.

„Sicher, Amy, wie sonst sollte dies in Anbetracht der reingeistigen Natur eines Menschen auch anders möglich sein, da diese zeit ihres Lebens aus dem eigenen, inneren heraus ihr gesamtes Erleben erzeugen? Wer sonst außer einem Menschen selbst hat die Macht, die eigenen Gedanken und Gefühle so lange zu verleugnen, bis sich deren widersetzlicher Ausdruck in Form von Mangel sowie geistigen und körperlichen Beschwerden innerlich wie äußerlich entsprechen?"

„Harmonie, die sich in Freude, Gesundheit und Wohlbefinden ausdrücken, aber auch zweifelnde Ängste, Misstrauen und Mangel spiegeln ebenso wie alle vorstellbaren gegensätzlichen, inneren Überzeugungen ebenbürtige

Anteile des menschlichen Wesens und Erfahrungsspektrums wider, denen sich diese in bewusster Verantwortung niemals zu schämen oder schuldig zu fühlen brauchen. Der menschliche Körper, der das reingeistige Wesen wie einen Tempel behütet, ist des Menschen Freund und weist diesen in dualer Entsprechung stets auf die jeweilige, innere Unpässlichkeit hin. Anfänglich geschieht dies sanft, fortdauernd jedoch entsprechen die geistigen und körperlichen Beschwerden naturgemäß dem Grad der eigenen, inneren Verleumdung, mit der die Menschen selbstzerstörend ihre wahre Natur unterdrücken", beschrieb ihnen die kleine Eule in aller Offenheit.

„Beständig negativ wertend zum Ausdruck gebrachte Abwehrstrategien führen einem Menschen dabei immer wieder die im Unterbewusstsein gespeicherten Glaubenssätze und unterdrückten Wesenszüge vor Augen. Doch sobald Menschen den eigenen Körper und ihre Außenwelt als inneres Spiegelbild wiedererkennen, eröffnen sich diesen durch die plötzliche Vielzahl an äußerlich verfügbaren Informationen, die gezielten Aufschluss über das eigene Innere geben, mit einem Mal völlig neue Möglichkeiten. Denn Menschen sind immer nur solange an ihre inneren Beschränkungen gebunden, wie sie diese als wahrhaft anerkennen", zeigte ihnen die Hüterin der Weisheit weiterführend auf.

„Verändert sich dagegen bewusst die innere Perspektive selbst und fremdvergebend in wertfreiem Verständnis und Anerkennung, lösen sich folglich emotionale, körperliche und materielle Auswirkungen jeglicher Art auf. Denn bewusst wertender Ausdruck dem keinerlei unterbewusste Überzeugungen entgegenwirken, wie auch die selbstlose Darbringung des vereinten Herzbewusstseins, vermögen je nach ausgedrückter Aufmerksamkeit und Intensität die menschliche Selbstheilung zu aktivieren, und gezielt deren Ergebnis zu steuern", lächelte Gorki freudig.

„Allerdings setzt der Wunsch nach Veränderung und Entfaltung des wahren, universalen Wesenskerns auch immer die Bereitschaft, den inneren, begrenzenden Überzeugungen bewusst zu begegnen, voraus. Dankbarkeit für jegliche Erfahrungen, wie glücklich oder schmerzvoll diese in der Erinnerung auch erscheinen mögen, helfen einem Menschen Stück für Stück dabei, alle scheinbar getrennten Aspekte in sich, wieder zu vereinen."

„Denn wie wir wissen, werden Erfahrungen erst aus Entscheidungen heraus geboren, ganz gleich in welchem Teil des universalen Schwingungsspektrums, sich diese zum Ausdruck bringen. Darum blicken die Menschen, ein Leben lang im Antlitz ihres Körpers, dem jeweiligen Gegenüber, wie auch in den eigenen Lebensumständen immer wieder in das eigene Spiegelbild", schloss die Hüterin der Weisheit mit einfühlsamer Stimme:

Ich bin das Licht
in dieser Welt

und tue das
was mir gefällt
der Spiegel stets
die Richtung weist
was ausdrückt sich
durch Herz und Geist.

Auf Erden ist
des Lebens Ziel
sich darzubringen
wie ein Spiel
was in dir ist
sich außen zeigt
sei also offen
und bereit.

Was drängt in dir
nach der Befreiung
ist deine innere
Entzweiung
so danke darum
deinen Spiegeln
die helfen dir den
Blick entriegeln.

Illusionen, Auswirkungen und der Zauber der Gegenwärtigkeit.

„Hm, ich stelle mir das ganz schön chaotisch vor!", gluckste Flossi unvermittelt aus dem Wasser. „Was meinst du, Flossi?", schaute Amy ihren bebrillten Freund fragend an, der gedankenverloren durch die dicken Gläser seiner braunen Hornbrille blickte.

„Weißt du, Amy, solange sich die Menschen noch meist unbewusst unterbewusst wertend erfahren, können diese, in der geistigen Täuschung ihre persönlichen Überzeugungen im Außen verteidigen zu müssen, doch die eigenen Spiegelbilder um sich herum nicht verstehen. Und was meinst du für wie viel Wut, Unverständnis und Traurigkeit diese Verwirrungen überall auf Erden unter den Menschen sorgen müssen, da diese inneren Dissoziationen die geistige Illusion entstehen lassen, im Überlebenskampf der eigenen Scheinidentität bestehen zu müssen?!"

„Ja, und obendrein bewirkt die Unterdrückung universaler Wesenszüge ja nicht nur die geistige und körperliche Degeneration der Menschen, sondern spiegelt sich auch noch im Zerfall unseres Planeten Mutter Erde wider, da wir doch alle miteinander verbunden sind! Deshalb spiegelt die geistige Ausrichtung der Bevölkerung bestimmt den Grund, warum sich die Menschheit derzeit am Scheideweg befindet an dem sie selbstbestimmt, bewusst wie unbewusst, über ihre Heilung oder Zerstörung entscheidet, oder Gorki?", wandte sich der gelb-orange gestreifte Goldfisch mit sorgenvollem Blick der kleinen Eule zu.

„Absolut, Flossi", hüpfte die Hüterin der Weisheit so nah sie konnte zu ihm ans Ufer heran, wobei sie den besorgt dreinschauenden, bebrillten Goldfisch warmherzig ansah. „Jedes äußerlich erscheinende Ungleichgewicht auf dieser Erde entspringt naturgemäß individuell ausgedrückter Gefühls- und Gedankenkraft, deren vorherrschende, geistige Ausrichtung in kollektivem Zusammenwirken dementsprechend dessen Auswirkungen intensivieren."

„Der Manipulation, der Menschen in ihrer Unbewusstheit ausschließlich fremdbestimmt zu unterliegen meinen, reflektiert dagegen nichts weiter, als die innere, rücksichtslose Unterdrückung des eigenen Wesens sowie den zwanghaften Widerstand Verantwortung für das eigene Denken, Fühlen und Handeln zu übernehmen. Denn die innere Entzweiung entspricht sich der universalen Ordnung zufolge immer im Außen, wonach sich starre Überzeugungen und der geistige Krieg gegen sich selbst solange im menschlichen Erleben wiederfinden muss, bis diese ihre reingeistige Natur allumfassend anerkennen. Darum werden Menschen auch erst wieder Liebe und Dankbarkeit für ihre äußeren Reflektoren empfinden und

ausdrücken können, wenn sie diese in bewusster Wertfreiheit als innere Spiegelbilder wiederzuerkennen vermögen",
bekräftigte Gorki nachdrücklich.

„Das vereinte, universale Herzbewusstsein eines Menschen ist allgegenwärtig mit jeder Lebensform dieses Planeten sowie jeglicher universalen Existenz verbunden.
Demnach nimmt die geistig schöpferische Ausrichtung
jedes Menschen nicht nur Einfluss auf ihr eigenes Leben
und das gesamte Erdgeschehen, sondern wirkt sich weiterführend in der kollektiv einheitlich ausgesandten Be-
wusstseinsfrequenz von Mutter Erde naturgemäß auch auf
alle Lebewesen, Planeten und Welten, die genau diesem
Schwingungsspektrum entsprechen, aus."

„Im Gesamten steht die heutige Menschheit also nicht
nur vor der Wahl ihres eigenen Fortbestands, sondern bedingt mit dieser Entscheidung auch über künftige Wei-
terführung und Niedergänge aller weiteren Lebensformen,
dessen Bewusstsein sich in gleichschwingender Frequenz
mit der Erde befindet", bedachte die kleine Eule Flossi,
Amy, Fritz, Hanne und Emma mit einem ernsten Blick.

„Wenn den Menschen das Leben auf Erden lebenswert
erscheint, ist es für sie nun an der Zeit, ihre Aufmerksamkeit in bewusster Selbstreflektion von außen zurück nach
innen auf die eigenen Gedanken und Gefühle zu lenken,
da jeglicher äußeren Veränderung die bewusste, innere,
geistige Einsicht und Neuausrichtung vorangeht. Denn

ebenso wie dem menschlichen Geist aus der Missachtung ihres vereinten Spektrums Kriege, Gewalt und Mangel entspringen, vermögen diese in wertfreier Annahme in jedem Augenblick ihres Seins natürlich auch die eigene Selbstheilung ihrer inneren Vereinigung auf ihr direktes Erleben wie in weiterer Entsprechung auch auf das Weltgeschehen zu projizieren. Innen wie außen, im Großen wie im Kleinen bedingt sich in der Illusion der Zeit das Leben auf Erden, wenngleich im Zauber allumfassender Gegenwärtigkeit jegliche Geschehnisse der Vergangenheit, Gegenwart und Zukunft sich in einem einzig ewig währenden Moment wieder vereinen", nickte die Hüterin der Weisheit bedächtig, während sie weitersprach:

Vergangenheit
ist längst vorbei
wer nimmt sie an
ist in sich frei
die Zukunft eilt
voraus geschwind
doch nichts ist
jemals vorbestimmt.

Vergessen ist
schnell der Moment
mit dem das Leben
dich beschenkt
drum halte inne
und verweile

denn nur die Zeit
treibt an zur Eile.

Sobald erkennst
du die Gezeiten
erwachen in dir
neue Seiten
da Wertfreiheit
weitet den Blick
befreit den Geist
das ist der Trick.

„Die Illusion der Zeit", fuhr Gorki unvermittelt fort, „entsteht auf geistiger Ebene, aus der stark verlangsamten begrenzten Impulsverarbeitung der körpereigenen Sinneswahrnehmung, die in dualer Spiegelung den Gegenpol allumfassender universaler Wahrnehmung bildet. Und diese beschränkte Informationsaufnahme, die Menschen über ihre körpereigenen Sinne erfahren, ergibt sich ausschließlich aus der vorhandenen Statik des menschlichen Unterbewusstseins, dessen scheinbar getrennt verarbeitende Impulse im Gehirn den zeitverzögernden Eindruck entstehen lassen, dass Geschehnisse sich in linearer Abfolge, anstelle gleichzeitig multidimensional ereignen."

„Gegenwärtiges Sein stellt demnach für einen geistig schöpferischen Menschen die einzige Möglichkeit dar, sich allumfassend überbewusst innerhalb der eigenen Körperlichkeit zu erfahren, da sich der Mensch in dieser absoluten

Verschmelzung mit dem eigenen Herzbewusstsein, bewusst über die begrenzte, unterbewusste Impulsaufnahme und Verarbeitung der körperlichen Sinneswahrnehmung, den Inhalten dessen aktiver Matrix erhebt", lächelte die kleine Eule tiefgründig.

„Du, Gorki, waren meine Tagträume, in denen ich immer wieder den Menschen begegnet bin, etwa Ausblicke auf meine zukünftigen Erlebnisse, da ich als Fee doch nur im Hier und Jetzt sein kann?", fragte die kleine Fee atemlos vor Spannung.

„Weißt du, Amy, die Zukunft ist weder für dich noch für die Menschen oder ein anderes Wesen vorbestimmt, da die Zeit eine geistige Illusion darstellt, in der Menschen sich hier auf Erden erfahren. Deine inneren Visionen kannst du als Wegweiser deines vereinten Herzbewusstseins verstehen, welches dir Ausschnitte zukünftiger Erfahrungsmöglichkeiten aufgezeigt hat. Die Menschen vermögen Botschaften ihres Unterbewusstseins wie auch ihres vereinten universalen Bewusstseins im Wachbewusstsein und im Traum zu empfangen, die beide gleichermaßen deren Erleben unterstützen. Begreift ihr nun, warum es so wichtig ist, sich der gegenwärtigen Ereignisse bewusst zu sein?", blickte sich die kleine Eule bedächtig um.

„Nun ja", meldete sich Amy als Erste zu Wort. „Ich vermute, dass hat etwas damit zu tun, das jeder Moment alle Möglichkeiten des vereinten, universalen Schwingungsspektrums in sich birgt, aus dem die Menschen eigenverantwortlich in der Wahl ihrer Gedanken und Gefühle ihr Erleben erzeugen."

„Absolut, Amy, denn halten Menschen gedanklich und gefühlt an Vergangenem fest oder verlieren ihre gegenwärtige Bewusstheit in flüchtigen Tagträumereien, bewirkt die Verlagerung der eigenen Aufmerksamkeit den sofortigen Verlust der offenen, wertfreien Perspektive und natürlich demzufolge auch die Möglichkeit allumfassender überbewusster Erfahrungen bei vollem Bewusstsein im eigenen Körper. Somit ergreift nur derjenige bewusst das Zepter universaler Macht, der sich gezielt wertend und im vereinten Bewusstsein darzubringen vermag", nickte Gorki, deren Gefieder noch immer im hellen Licht der Sterne golden glänzte, der kleinen Fee anerkennend zu.

Das Zepter universaler Macht.

„Das Zepter universaler Macht! Das hört sich ja spannend an, Freunde", schlug der gelb-orange gestreifte Goldfisch begeistert einen Salto, wobei ihm natürlich wieder mal seine dicke, braune Hornbrille quer über das Gesicht rutschte und seine klaren, wasserblauen Augen verschmitzt über den Rand linsten. „Hey, Flossi, rück mal lieber schnell die Brille wieder zurecht, sonst ergeht es dir vielleicht noch wie den Menschen, die das Wichtigste direkt vor ihren Augen übersehen", zog ihn die kleine Fee unbekümmert auf.

„Weißt du, Amy", legte dieser nachdenklich seinen Kopf schräg. „Das kann so manches Mal auch von Vorteil sein. Ich erinnere mich nämlich noch genau an meine Großmutter, die ihr ganzes Leben lang immer nur das gehört und gesehen hat, was sie wollte, egal wie sehr sich ihr Umfeld auch darüber aufgeregt hat. Und dabei war sie stets voller Lebensfreude und bei bester Gesundheit", bemerkte Flossi mit einem schelmischen Grinsen.

„Hahaha, da war deine Omi ja richtig bewusst gewesen, Flossi, wenn sie ihre Gedanken und Gefühle nur auf das gelenkt hat, was sie in ihrem Leben wirklich erfahren wollte", lachte Amy lauthals heraus. „Das scheint mir auch so, vor allem mit dem Wissen um das universale Prinzip der Schwingung", zwinkerte die Hüterin der Weisheit dem bebrillten Goldfisch belustigt zu, während sie weitersprach.

„Und dabei kommt der Kenntnis, dass ursächlich alles Existierende eine einzigartige Schwingungskombination positiver und negativer Gedanken und Gefühle darstellt, wahrlich eine ganz besondere Bedeutung zu. Denn dies verrät uns, dass weder geistige noch physische Zustände jemals statisch sein können, da in multidimensionaler Erfahrbarkeit alles Leben in jedem Augenblick stets permanenter Veränderung obliegt", lächelte Gorki wissend.

„Selbst das Unterbewusstsein, in dessen Speicher viele statische Informationen abgelegt sind, wandelt deren Inhalte fortwährend nach den wechselnden Überzeugungen eines Menschen. Und darum ist es den menschlichen Schöpfergöttern gleichermaßen möglich aus dem eigenen Geist das reinste Chaos zu erschaffen und schon im nächsten Moment mit vereintem Herzen und offenem Geist allen Geschehnissen in bewusster Verlagerung der eigenen Aufmerksamkeit eine völlig neue Richtung zu geben. Die Menschen sind von Natur aus begnadete, geistige Schöpfer, deren Vorstellung einfach alles, was sie innerlich beschäftigt, in ihr Erleben zieht. Und sobald diese ausschließlich die eigens gewünschten Ereignisse bewusst aus ihrem Inneren heraus erzeugen, ergreifen die Menschen wieder das Zepter universaler Allmacht, so wie es auch Großmutter

Goldfisch getan hat, Flossi", bedachte ihn die kleine Eule
mit einem liebevollen Blick.

Das Zepter
universaler Macht
vereinigt in sich
Schöpferkraft
da Schwingung
sichtbar offenbart
was sich in ihr
als Einheit paart.

Die Ausrichtung
ihrer Natur
ergibt sich aus
dem Inhalt nur
der anzieht was
diesem entspricht
und Gegensätze
bilden Licht.

Sobald Frequenz
sich dann vereint
stellt sie Erfahrung
uns bereit
die bildet das
Verbindungslied
das alles ins
Erleben zieht.

Verwirrt blickte die kleine Fee auf. „Von was für einem Licht erzählst du denn hier, Gorki?", murmelte sie verwirrt, während sich die vielen neuen Informationen in ihrem Kopf überschlugen. „Das ist dochganz einfach, Amy", meldete sich Hanne diesmal zuerst zu Wort. „Du und Gorki wart doch vorhin so vertieft, als ihr über die reingeistigen, universalen Ordnungsprinzipien gesprochen habt, dass ihr unser Kommen nicht einmal bemerkt habt. Und genau darum geht es hier", lachte die kleine Igelin offenherzig.

„Das Licht ist die ursächliche Essenz reingeistigen Bewusstseins, dessen positive wie negative Gefühls- und Gedankenkraft sich beständig anziehend und abstoßend in ihrer dualen Gegensätzlichkeit nach den Vorgaben schöpferischen Geistes wandelt", sah Hanne erwartungsvoll in die Gesichter ihrer Freunde. „Absolut!", antworteten Amy und Flossi wie aus einem Munde.

„Und erinnert ihr euch auch noch, wie Gorki uns erzählt hat, dass alles Erleben aus der geistigen Spiegelung des vereinten, reingeistigen, universalen Schöpfungsfeldes hervorgeht, woraus sich die ursächliche Geistigkeit allen Lebens ergibt, die diese im jeweiligen Sosein verkörpern?", hakte die kleine Igelin sorgfältig nach, dem ihre Freunde wortlos nickend zustimmten. „Folglich bestehen nicht nur wir, sondern auch die Menschen aus einer individuellen Zeugungsfrequenz, einer ureigenen Sinfonie aus Licht. Doch geistig schöpferische Lebewesen wie die Menschen verändern ihr Energiefeld fortwährend in der Anziehung und Abstoßung vereinter Gedanken- und Gefühlsfrequenzen, woraus sie in dualer Spieglung ihre erfahrene Realität erzeugen. Somit verkörpert einfach alles Lebendige, vom kleinsten, feinstofflichen Teilchen bishin zur größten, grobstofflichen Materie, jeweilig einzigartige Aspekte, die sich für uns spürbar aus der geistigen Spiegelung der Einheit universalen Bewusstseins mit deren mannigfaltigen Möglichkeiten, im beständigen Wandel des Lichts, völlig natürlich ergeben", rief die kleine Igelin begeistert.

„Darum verkörpert Licht, wie auch eine jegliche Schwingungsfrequenz für sich, zum einen immer den jeweiligen Aspekt wie auch die Gesamtheit der Einheit universalen Bewusstseins im Urzustand, alles was ist, war und jemals sein wird. Und in diesem Wissen und Verständnis liegt das große Geheimnis universaler Macht verborgen. Denn wer erkennt, dass niemals etwas außer universalem Bewusstsein Bestand hat, ist sich ebenso bewusst, dass alle geistigen, physischen und materiellen Zustände auch nicht von Dauer sein können, da diese ebenfalls ausschließlich gegenwärtig manifestierte Schwingungsgrade repräsentieren."

„Somit ist es den Menschen jederzeit möglich aus ihrem Herz und Geist bewusst ihr eigenes Erleben zu erschaffen und unerwünschte Gegebenheiten durch eine gezielte innere Neuausrichtung zu verändern. Allerdings ist die Natur der Dualität nun mal ein zweischneidiges Schwert, was es Geschöpfen ebenso ermöglicht vorsätzlichen Einfluss auf das Bewusstsein eines einzelnen Menschen sowie ganzer Gruppen zu nehmen, da ja kein Hüter vor dem Eingang ihres Unterbewusstseins Wache hält", sprudelten die Worte nur so aus der kleinen Igelin hervor.

„Die Natur des Lebens ist permanenter Wandel, in dem das universale Ordnungsprinzip der Schwingung für jegliche geistige Ausrichtung ihre jeweilige Entsprechung vorsieht. Und sobald Menschen ihre Freiheit und Verantwortung bewusst anerkennen, sind ihrem Erleben plötzlich weder Grenzen gesetzt noch müssen diese fortan Situationen erdulden, die sich nicht mehr in Übereinstimmung mit ihrer veränderten, inneren Neuausrichtung befinden."

„Allerdings verlangt die allumfassende Natur universalen Bewusstseins danach vorbehaltslos alle Erfahrungen als ebenbürtige Anteile dessen Spektrums zu würdigen, was gleichermaßen die bewusste Erkenntnis umfasst, das jegliches Erleben der eigenen Geistigkeit entspringt. Dementsprechend weicht die scheinbare Bürde des Menschseins plötzlich einer völlig neuen Klarheit, die es einem Menschen von nun an ermöglicht, das Spiel des Lebens nach den eigenen Wünschen zu spielen, anstelle unbewusst von dessen Regeln gespielt zu werden. Das ist doch genial, oder?", hüpfte Hanne aufgeregt zwischen ihren Freunden unter dem mondhellen mit Sternen übersäten Nachthimmel umher.

„Absolut, Hanne, und ob es das ist", nickte ihr die Hüterin der Weisheit anerkennend zu. „Die Erkenntnis, dass

Licht die Urmaterie allen Seins bildet, dessen Schwingungsgrade sich beständig auf den unterschiedlichsten Bewusstseinsebenen in ihrer Form wandeln hebt den Schleier geistiger Unbewusstheit. Darum gibt es naturgemäß auch keinen Mangel, es sei denn ein Mensch gibt diese Erfahrung ursprünglich aus dessen selbstbegrenzender Wertung durch die eigens vorherrschende, geistige Ausrichtung im negativen Spektrum vor. Denn äußeres Erleben entspringt ursächlich immer der eigenen Geistigkeit, das sich stets im Ergebnis der dargebrachten Intensität der Aufmerksamkeit entspricht. Somit stellt die Einheit universalen Bewusstseins, in dessen geistiger Vorstellungskraft sich alles duale Erleben abspielt, kausal ebenfalls eine eigene Schwingungsfrequenz dar, in deren natürlichem Umfeld sich diese wiederum einmalig zum Ausdruck bringt", lächelte Gorki besonnen.

„Darum obliegen Erfahrungen innerhalb der dualen Frequenzspektren auch niemals einer universalen Wertung, da die positive wie negative Gedanken- und Gefühlskraft nur gemeinsam in deren vollendeter Gegensätzlichkeit die Einheit vereinten Bewusstseins bilden. Und aus dieser allumfassenden Perspektive heraus gibt es weder gut noch böse, richtig oder falsch, sondern nur positiv wie negativ wertende Erlebnisse, die Menschen mittels ihrer unterschiedlichen Wahrnehmungsmöglichkeiten zu erfahren imstande sind", unterstrich die Hüterin der Weisheit erneut in aller Deutlichkeit.

Alles eine Frage der Wahrnehmung.

Wortlos blickten Amy, Hanne, Emma, Fritz und Flossi die kleine, schneeweiße Eule an, die mit fester Stimme auch schon weitersprach. „Die menschliche Wahrnehmung und deren Ausdruck geben somit immer völlig offensichtlich und absolut wertfrei darüber Auskunft, in welchem vorherrschenden Bewusstseinszustand sich ein Mensch, jegliche Gruppierungen, aber auch die Bevölkerung ganzer Länder befinden, da sich alle geistig generierten Ursächlichkeiten in der Verbundenheit allen Lebens naturgemäß individuell wie global entsprechen. Somit ist das Verständnis um die weitreichende Verantwortung, die mit der Wahl der eigenen Gedanken, Gefühle und Handlungen einhergehen, für jeden einzelnen Menschen von immenser Bedeutung. Darum wollen wir uns jetzt noch einmal den verschiedenen Wahrnehmungsformen eines Menschen zuwenden, um zu beleuchten wie diese in ihren wundervollen Körpern umgesetzt und verarbeitet werden", erklärte die Hüterin der Weisheit pflichtbewusst.

„Au ja, Bewusstsein, Unterbewusstsein und vereintes Herzbewusstsein zeigt euch!", rief Amy überschwänglich. „Wie aufregend das doch alles ist", dachte die kleine Fee im Stillen, während sie ihre Freunde voller Dankbarkeit betrachtete. Wie hatte sie in ihrem Unmut nur annehmen können, dass sich diese nur für ihr eigenes Leben interessieren würden? All diese Wut, die sich aus ihrer scheinbaren Hilflosigkeit entwickelt hatte, war doch der Grund ihres innerlich verzerrten Blickwinkels. Wie sehr hatte sie sich doch getäuscht und das ist völlig okay", hielt Amy in diesem Erkennen abrupt inne, während sie mit einem Mal von einer inneren Leichtigkeit erfasst wurde, als würden tausend Schmetterlinge in ihrem Herz und Bauch umherflattern.

„Fühlen sich die Menschen vielleicht auch so frei, wenn sie auf ihre eigenen Erfahrungen ohne wertende Urteile blicken?", überschlugen sich ihre Gedanken. „Das ist ja wie fliegen, tanzen und singen zugleich", lächelte Amy in sich gekehrt, während sie ihre volle Aufmerksamkeit wieder der weisen Eule zuwandte, die in unermüdlicher Hingabe den bedeutungsvollen Schatz ihrer Weisheiten mit ihnen teilte.

„Mathematisch offenbart uns die Zahl eins die Unteilbarkeit, deren Vollkommenheit im Kreis ebenso die Einheit symbolisiert. Im Quadrat und der Zahl vier hingegen stehen sich zwei mal zwei gleichwertige Gegensätze gegenüber, die sich dual in der positiven und negativen Gedanken- und Gefühlskraft entsprechen. Die Trinität repräsentiert die jeweilige Einheit beider gleichwertiger Frequenzspektren in der Form eines Dreiecks, die wiederum durch zwei gegensätzliche, einander gegenüberliegende Dreiecke auch wieder die Einheit universalen Bewusstseins ergeben. Folglich reflektieren der Kreis, wie der Kreis im Quadrat und auch zwei jeweilig gegenüberliegende Dreiecke in sich die Einheit universalen Bewusstseins, deren vollkommen gegensätzliche Frequenzspektren in ihrer absoluten Verschmelzung ebendiese Einheit bilden. Darum führt die bewusste wie unbewusste Unterdrückung vermeintlich unpässlicher Wesenszüge auch im inneren wie äußeren Erleben eines Menschen zu nichts als Leid, da alle Gefühle und Gedanken nun mal jeweilig vollkommene Anteile deren reingeistiger Natur bilden", wiederholte Gorki einfühlsam.

„Die dreidimensionale Bewusstseinsebene, in der sich Menschen noch größtenteils darbringen, reflektiert demnach die niederen Grade getrennt zum Ausdruck gebrachten universalen Bewusstseins, gleichgültig wie hoch dabei das Maß an bewusst wie unbewusst ausgedrückter Intelligenz auch sein mag. Denn wie wir wissen ist der Ausdruck aus dem statischen Speicher des Unterbewusstseins stets, auf die vorgegebenen Inhalte in deren Entfaltungsmöglichkeit beschränkt."

„Die Menschen dieser Erde stehen somit gemeinsam vor der herausfordernden Aufgabe, die geistige Illusion ihrer getrennt von anderen existierenden Scheinidentität aufzudecken, deren täuschende Anhaftungen sich aus der persönlichen Identifizierung mit den eigenen Wertungen ergeben. Doch die bewusste Erkenntnis und bedingungslose Annahme des eigenen Wesens ermöglicht den Menschen sich in jedem Moment ihres Seins wieder mit ihrer allumfassenden Natur zu verbinden, was einen unmittelbaren Bewusstseinsanstieg auslöst, welcher übergeordnet zur Folge hat, dass ebenso das Bewusstsein, deren Mitmenschen wie auch das planetare Bewusstsein gleichermaßen mit angehoben werden", verriet die kleine Eule ihren gespannt lauschenden Zuhörern.

„Und so gelangen wir immer wieder zu den drei unterschiedlichen Wahrnehmungs- und Ausdrucksmöglichkeiten eines Menschen", lächelte Gorki ihren Freunden wissend zu. „Und dabei beginnen wir mit dem Herzbewusstsein der Menschen, aus dessen Zentrum feinstofflich alle von dort ausgesandten und empfangenen Schwingungsimpulse absolut wertfrei wahrgenommen werden, woraus sich deren selbstloser Ausdruck ergibt. Und in dieser vollkommenen Offenheit, frei von begrenzenden Gedanken und Gefühlsvorgaben, verschmilzt der Mensch allumfassend mit dessen reingeistiger Natur, wodurch diesem in dieser völligen Vereinigung gleichzeitig das gesamte vereinte Möglichkeitsspektrum universaler Gedanken- und Gefühlskraft zur Verfügung steht", erinnerte sie Gorki.

„Die zweite und dritte Wahrnehmungsform der Menschen besteht in der Möglichkeit, sich bewusst wie unbewusst wertend durch die körpereigene Sinneswahrnehmung zu erfahren. In diesem Fall werden alle Sinneseindrücke der Nervenzellen im Thalamus, einem Teil des

Zwischenhirns, zusammengefasst, welche direkt an das Stammhirn, dem Sitz des Unterbewusstseins, übermittelt werden."

„Somit können wir uns den Thalamus auch wie ein unbewachtes Tor zum Unterbewusstsein vorstellen, durch das die Inhalte entweder zur neuen Speicherung weitergeleitet werden oder aber mit den vorhandenen statischen Informationen, verdrängten Erinnerungen und Aspekten wie auch wertenden Überzeugungen verknüpft. Anschließend werden diese durch den Hypothalamus, der die Aufgabe einer zentralisierten Steuerung des zentralen Nervensystems übernimmt, entsprechend getrennt nach positiver und negativer Schwingungsfrequenz weiter von der rechten und linken Gehirnhälfte sowie Arealen der Großhirnrinde verarbeitet, was im Schwingungsfeld des Torus den geistig getrennten Eindruck holografischen Erlebens eines Menschen entstehen lässt. Doch das universale Bewusstsein vermag nun mal nur vereinte Schwingungsfrequenzen aufzunehmen und abzugeben, daher endet der Prozess auf feinstofflicher Ebene auch hier noch nicht", hielt die Hüterin der Weisheit für einen kurzen Moment inne.

„Und darum verfügt der menschliche Körper über die Schilddrüse, deren Form einem Schmetterling ähnelt, mit dem die Menschen gerne die Seele, ihr vereintes Bewusstsein, assoziieren", lächelte die weise Eule wohlwollend in die Runde. „Schmetterlinge fliegen ja in der Natur mit Freude und Leichtigkeit durch ihr Leben, aber was macht denn dieser Schmetterling, ich meine die Schilddrüse, im Menschen genau?", überlegte die kleine Fee nachdenklich.

„Die Aufgabe der Schilddrüse ist es die Lebensenergie eines Menschen entsprechend der positiven wie negativen Schwingungsvorgaben die ihre Gedanken- und Gefühlsfrequenzen in bewusster wie unbewusst wertender, aber auch vereinter Form in beständiger Anziehung und Abstoßung entweder aus dem vereinten Herzbewusstsein oder dem Gehirn unablässig generieren, im feinstofflichen System eines Menschen zu verteilen. Zusätzlich fällt der Schilddrüse neben der Energieversorgung aber auch die bedeutungsvolle Funktion zu, die uneinheitlich vom Gehirn erzeugten positiven und negativen Gedanken- und Gefühlsfrequenzen wieder zu vereinen, bevor diese weiter an den Solarplexus geleitet werden können, der das aussendende und empfangene Zentrum unterbewusster Wahrnehmung darstellt. Demnach müssen in umgekehrter Form auch alle von dort aufgenommenen Impulse erst wieder von der Schilddrüse aufgeschlüsselt werden, bevor diese von beiden Gehirnhälften realitätserzeugend weiter verarbeitet werden können", beschrieb ihnen die Hüterin der Weisheit.

„Somit befindet sich die kleine Sonne, die sich im menschlichen Körper direkt zwischen dem unteren Brustbein und der Magengrube befindet, wie auch das Herzbewusstsein im beständigen Kontakt mit der Zentralsonne, dem vereinten Möglichkeitsfeld universalen Bewusstseins, dessen übertragene Schwingungsimpulse, wie man auch das Licht nennt, je nach Wahrnehmungsform vom menschlichen Herzbewusstsein oder dem Solarplexus stets von der Schilddrüse weiterverarbeitet werden."

„In vereinter Wahrnehmung leitet die Epiphyse, wie auch die Zirbeldrüse genannt wird, diese feinstofflichen Informationen zur unmittelbaren Energiebereitstellung an die Schilddrüse weiter, gleichzeitig aber werden in diesem Bewusstseinszustand die vom Herzen einheitlich empfangenen Informationen auch dem dritten Auge, das sich in der Mitte der Stirn am oberen Rand der Nasenwurzel befindet ebenso wie dem Rückenmark übermittelt. Ist das nicht fantastisch, ihr Lieben?", blinzelte Gorki verschmitzt ihren Freunden zu.

„Demnach steht dem Gehirn, das positive und negative Schwingungsimpulse getrennt voneinander verarbeitet, als begrenztes, schöpferisches Werkzeug, dual das vereinte Herzbewusstsein eines Menschen gegenüber, die gleichermaßen aus der permanenten Anziehung und Abstoßung positiver und negativer Gedanken und Gefühle feinstofflich den körpereigenen Magnetismus erzeugen, aus dem sich der Grad und Fluss individuell verfügbarer Lebensenergie ergibt. Weiter wird jede energetisch generierte Schwingung von der Schilddrüse dem gesamten feinstofflichen System eines Menschen übermittelt, was im physischen Kreislauf das spiralförmige Fließen des Blutes wie das Schlagen des Herzens bewirkt und nicht zuletzt die

Organe und Zellen, die ebenso eine eigenständige Einheit universalen Bewusstseins, jedoch ohne individuelle Geistigkeit verkörpern, versorgt. Folglich verändert sich der menschliche Geisteszustand ebenso wie deren Physis kontinuierlich nach den eigenen, inneren Vorgaben", holte die kleine Eule tief Luft.

„Und dabei steuert im unterbewussten Wahrnehmungszustand, bewusst wie unbewusst wertenden Ausdrucks, immer die rechte, positive Schwingungsfrequenzen verarbeitende Gehirnhälfte naturgemäß gegensätzlich trennend die linke Herzseite, wodurch die linke Hirnhälfte die rechte Seite des menschlichen Körpers mit negativen Energien versorgt, und die Wahrnehmung und Ausdruck in vereintem Bewusstseinszustand infolgedessen natürlich einheitlich erfolgt", erklärte ihnen die Hüterin der Weisheit beschwingt.

„Ha, jetzt verstehe ich, warum es für die Menschen so wichtig ist, sich stets darüber im Klaren zu sein, in welchem Zustand sie sich befinden. Denn wenn sich Menschen vereint durch ihre Herzen erfahren, fühlen sich diese niemals getrennt voneinander oder orientierungslos, da sie sich ihrer wahren Natur und der Einheit allen Lebens voll bewusst sind", tschilpte Fritz voller Begeisterung, wobei ihn Gorki mit einem wohlwollend zustimmenden Lächeln bedachte, während sie freudig weitersprach:

Zu geben was ein
jeder nimmt

ist ursprünglich
so vorbestimmt
denn Geistigkeit
herrscht allem vor
vereint wie aus
des Hirnes Tor.

Die Einheit zeigt
sich stets dual
getrennt erscheint
sie eine Qual
die Pole gilt es
zu vereinen
um alles Leiden
zu vertreiben.

Die Wahrnehmung
entscheidet hier
zu jeder Zeit was
wird aus dir
so achte weise
auf dein Herz
denn Geist allein
erzeugt dir Schmerz.

„Also sollten die Menschen dringlich darauf achten ihr Herz offen zu halten, um sich allumfassend überbewusst zu erleben, oder aber sich bewusst wertend aus ihrem Unterbewusstsein darbringen, um vorsätzlich genau das Erleben zu erzeugen, was sie auch wirklich erfahren möchten", funkelten Amys Augen überwältigt von ihren neuerlangten Erkenntnissen in der Dunkelheit.

„Absolut, Amy, denn im vereinten Bewusstseinszustand ist das Leistungsspektrum des Elektromagnetfeldes des menschlichen Herzens, welches durch die beständige Anziehung und Abstoßung positiver und negativer Gedanken und Gefühle generiert wird, in diesem Zustand natürlich um ein Vielfaches, über 5.000 Mal höher, als das des separat verarbeitenden Gehirns, was einem Menschen in solch hoher Schwingung multidimensionale Fähigkeiten sowie eine übergeordnete Sicht der Dinge völlig natürlich ermöglicht."

„Darum gilt es für die Menschen Zeit ihres irdischen Seins, die geistige Erfahrung innerhalb der Körperlichkeit, bewusst anzunehmen und gezielt in den jeweilig wechselnden Wahrnehmungsformen ihre positiven und negativen Gefühle und Gedanken in freier Wahl und Verantwortung zum Ausdruck zu bringen. Und sobald sich diese innere Balance, die Vereinigung der Gegensätze, bewusst wie unbewusst, in einem Menschen vollziehen, feiern diese die eigene, chymische Hochzeit", lächelte die Hüterin der Weisheit verschmitzt.

Die chymische Hochzeit.

„**E**ine chymische Hochzeit? Was ist denn das jetzt schon wieder?", zwitscherte der kleine, schwarze Amselrich erstaunt. „Die chymische Hochzeit symbolisiert die vollkommene Verschmelzung der gegensätzlichen Schwingungsspektren eines Menschen, die sich im Bewussten aus der Balance geraten, und in diese zurückzukehren dabei völlig natürlich dual ergibt. Hierbei ziehen sich Herz und Geist, Überbewusstsein und Unterbewusstsein, bewusst wie unbewusst, beständig an und stoßen sich wieder ab, wodurch diese vollkommene, innere Einheit eines Menschen sich der universalen Ordnung zufolge ebenso im Außen in der sinnlich erfahrbaren Vereinigung von Mann und Frau, zwei gegengeschlechtlichen Partnern, die jeder für sich und auch gemeinsam bewusst wie unbewusst die Einheit universalen Bewusstseins verkörpern, vollzieht", erklärte die kleine Eule feierlich.

„Also, Gorki, geht das vielleicht auch noch ein bisschen genauer?", blickte die kleine Fee nun fast ebenso verständnislos drein, wie ihr kleiner, schwarz gefiederter Freund. „Selbstverständlich meine Lieben, wir beginnen sogar ganz am Anfang, um diesen hohen, selbstlos ausgedrückten Bewusstseinsgrad, der sich in geringstmöglich wertender

Statik, in der meistmöglich wertenden Darbringung im niedersten Grad an Bewusstsein, bewusst wie unbewusst, vollendend entspricht, auch wirklich begreifen zu können", beruhigte Gorki ihre Freunde sogleich.

„Chymisch, das hört sich ja fast wie chemisch und gar nicht nach Liebe an!?", platzte die kleine Fee unvermittelt heraus. „Im Prinzip können wir die Liebe auch wirklich als eine chemische Verbindung begreifen, da diese sich aus der vollkommenen Vereinigung der reingeistigen Einheit mit deren geistigen Aspekten ergibt, die sich für Menschen in der geistigen und sinnlichen Erfahrung der Körperlichkeit vollendend auf der physischen Ebene entspricht."

„Denn Liebe verkörpert die Verschmelzung dualer Gegensätze, durch die naturgemäß Gleiches ebendieses anzieht und Gegensätzliches einander bis in alle Ewigkeit ausnahmslos entspricht. Und diese innere und äußere Einheit ist für Menschen in der bewussten, wertfreien Annahme ihrer eigenen Gedanken, Gefühle und Erfahrungen wie auch unbewusst im Ausgleich unterbewusster Statik und Wertungen sowie in der Balance ihrer Wahrnehmungsformen erreichbar", antwortete die Hüterin der Weisheit besonnen.

„Denn wie ihr wisst sind es die Gegensätze, die gemeinsam das Schwingungsspektrum universalen Bewusstseins ergeben. Anziehung und Abstoßung positiver und negativer Gedanken und Gefühle, einzelne Aspekte in dualer Spiegelung des Reingeistigen mit dem Geistigen, bilden in ihrer Gesamtheit das allumfassende Bewusstsein selbstloser Liebe. Und diese alles belebende Liebe bildet sich nun mal aus den höchstschwingenden wie auch den langsamsten Drehzahlen ihres gesamten Spektrums, die in ihrer jeweiligen Gegensätzlichkeit die hoch bewusste, geistige Erfahrung innerhalb der physischen Dichte der eigenen Körperlichkeit wie auch das Erleben der Materie ermöglicht. Demzufolge ist die Natur der Liebe in ihrer Gesamtheit immer gegensätzlich und somit ebenso logisch wie verrückt", schmunzelte Gorki vergnügt.

„Die selbstlose Liebe vereinten Bewusstseins ist alles, was ist, war und jemals sein wird", schlug die kleine Eule kurzerhand mit ihren Flügeln. „Und dieses vereinte Bewusstsein drückt sich in unendlicher Vielzahl durch deren Schöpfungen auf allen Ebenen des Seins in den mannigfachsten Bewusstseinsgraden aus. Somit reflektiert ein jedes Lebewesen, wie auch jegliche Form gleichermaßen eine einmalige Möglichkeit des grenzenlosen Wahrscheinlichkeitsfeldes, dessen vollkommene Natur allzeit vereint, sich im kleinsten, feinstofflichen Teilchen ebenso wie in der dichtesten Form wiederfindet."

„Und diese uns allen innewohnende, gegensätzlich vereinte Natur positiver und negativer Gedanken- und Gefühlskraft des Lichts, macht all deren Geschöpfe zu ebenbürtigen Kindern des Lichts, die in ihrer jeweiligen, stets vollkommenen Einzigartigkeit allgegenwärtig, jeder für sich, stets den Teil wie das Ganze verkörpern und einander in vollendeter Einheit ewig bedingen", breitete Gorki ihre Schwingen so weit aus, als wollte sie die ganze Welt umarmen und rief:

Die Liebe ist
wie Alchemie
deren Natur
verrät uns wie
verwandelt Herz und
Geist durch Hoffen
beständig Schwingung
um zu Stoffen.

Materie ist nichts
als Schwingung
Veränderung ihre
Bedingung
was innen ist
muss außen sein
denn nichts steht
je für sich allein.

Doch nur die
Abstoßung bedingt
dass Anziehung
ihr auch gelingt
folglich entsteht aus
diesem Schwung

dual das Spiel
der Spiegelung.

„Ja, meine Lieben, die Liebe vollzieht sich in der Alchemie der Gegensätze. Und darum möchte ich euch gerne die Geschichte vom Stein der Weisen erzählen", schaute sich die Hüterin der Weisheit mit einem kurzen Blick einvernehmlich um. „Toll, super, Gorki, ich liebe Geschichten", zwitscherte Emma begeistert, während Flossi seine linke Flosse vor Freude zustimmend über das Wasser klatschen ließ, dass es nur so spritzte.

„Hey", stoben Amy und Hanne aufgescheucht auseinander, während sich das kleine Rotkehlchen und Fritz vor Lachen ausschütteten. „Wohl ein bisschen wasserscheu die Damen, was?", zog sie der kleine, schwarze Amselrich übermütig auf, während sich die kleine Fee, die Flossi vorsichtig im Auge behielt, mit der Hand einen dicken Wassertropfen aus ihrem Gesicht wischte. „Kommt schnell wieder her, ich dusche euch auch nicht mehr, versprochen!", drängte sie der gelb-orange gestreifte Goldfisch ungeduldig, sich wieder zu ihm ans Ufer zu setzen, damit die kleine Eule ihre Erzählung beginnen konnte.

„Die Geschichte des Stein der Weisen erzählt wie Alchemisten vor langer Zeit hier auf Erden aus ihrer materiellen Not heraus das Geheimnis der Herstellung von Gold, der grobstofflichsten Form vereinten Bewusstseins zu ergründen versuchten. Doch so sehr sich die chemischen

Verwandlungskünstler im Außen in der Vielzahl ihrer stofflichen Verbindungsversuche auch bemühten blieb ihr Erfolg aus, was nicht verwunderlich ist, da das glänzende Edelmetall, dass dem Licht der Sonne gleicht, den begrenzten Pol der Einheit universalen Bewusstseins in den langsamst schwingenden Graden physischer Dichte reflektiert", erzählte die kleine Eule ihren aufmerksam lauschenden Freunden.

„Damit meinst du also, dass Gold die dichteste Schwingungsfrequenz der Materie, dem entgegengesetzten vereinten Schwingungsgrad der reingeistigen Einheit universalen Bewusstseins darstellt, oder Gorki? Aber, das lässt sich doch niemals rein äußerlich durch das Zusammenwirken irgendwelcher chemischer Substanzen herstellen, wenn Gold der begrenzte, grobstofflichste Gegensatz unendlichen, reingeistigen, universalen Bewusstseins bildet!", blickte Amy die kleine Eule verwundert an. „Absolut, Amy! Gold spiegelt die Einheit universalen Bewusstseins in deren grobstofflichster Form wider, deren Konsistenz niemand weder stofflich noch aus dem eigenen Inneren eigenmächtig herzustellen vermag und der Dualität entsprechend auch nur begrenzt verfügbar ist", stimmte Gorki der kleinen Fee einvernehmlich zu.

„Doch ein solch weitreichendes Verständnis herrschte unter der damaligen Bevölkerung nicht mehr, ganz im Gegenteil hatte der Verlust um das Wissen der eigenen Geistigkeit den inneren Blick täuschend auf die Geschehnisse nach außen verlagert, wodurch die äußere Annahme in Menschen erweckt wurde, dass der Besitz von Gold, Wohlstand und Fülle mit äußerer Macht, anstelle bewusster, innerer Einheit täuschend verkannt wurde. Denn wie wir wissen kann sich in der äußeren Entsprechung nur das erfüllen, was im eigenen Inneren bereits vorhanden ist."

„Darum kann Wohlstand niemals mit Gedanken und vor allem dem Gefühl des Mangels erzeugt werden, da diese einander ausschließlich in ihrer Gegensätzlichkeit bedingen. Denn im individuellen Ausdruck entspricht sich die Anziehung in der Gleichheit, dem Prinzip von Ursache und Wirkung, wogegen uns unterdrückte, verdrängte Wesenszüge in gegensätzlicher Entsprechung in unserem Leben wiederbegegnen", hob die Hüterin der Weisheit bedeutsam hervor.

„Somit können wir die Jagd nach der Herstellung des Steins der Weisen, wie das Gold bereits damals genannt wurde, ebenfalls mit einer unbewussten Suche nach Weisheit, welche die Erlösung von der inneren Anhaftung an die Materie verspricht, gleichsetzen. Denn der Drang, durch Aneignung oder Herstellung äußeren Besitzes von ebendiesem erlöst zu werden, ist wider aller universaler Entsprechung. Da Anhaftungen jeglicher Art naturgemäß weitere Abhängigkeiten erzeugen, bis sich der Mensch der eigenen, inneren Beschränkungen bewusst wird und diese in eigens gezielter, geistiger Neuausrichtung selbstbestimmt verändert."

„Denn solange sich im menschlichen Unterbewusstsein innere Überzeugungen befinden, die den Empfang von Fülle blockieren, entspricht sich diese geistige Beschränkung der universalen Ordnung zufolge in der Erfahrung äußerlichen Mangels. Und wie ihr seht gelangen wir immer wieder zu den drei Wahrnehmungsformen eines Menschen, dessen Geistigkeit eine Tatsache ist, deren Ignoranz Menschen vieler Generationen sowie unserem Heimatplaneten immenses Leid beschert hat", seufzte die kleine Eule tief.

„Trotzdem sind die Menschen nicht verloren. Denn in der Spiegelung der Gleichheit wie auch der Gegensätzlichkeit erhalten die Menschen in der Reflektion ihres geistigen und körperlichen Zustands, ihrem jeweiligen Gegenüber sowie den erlebten Geschehnissen fortwährend alle Hinweise, die sie zum Erkennen und Auflösen ihrer begrenzend zum Ausdruck gebrachten, innerlichen Überzeugungen benötigen, um sich bewusst davon zu befreien, da jegliche äußere Erfahrung immer der gegenwärtigen inneren Ausrichtung entspricht."

„Doch bis die Menschen ihre innere Verleumdung überwinden sorgen die aus dieser dissoziierten Sicht entstehenden Fehlinterpretationen der Geschehnisse weiter für die äußere Erfahrung innerlich unterdrückter Ängste, Ärger, Enttäuschungen, Wut, Traurigkeit und Mangel, bis das innere und äußere Erleben miteinander in Verbindung gebracht werden", wiederholte Gorki mitfühlend.

„Sobald die Menschen die universale Ordnung ihrer reingeistigen Natur wieder in sich entdecken und verstehen lernen, deren Gesetzmäßigkeiten niemals betrogen werden können, halten sie den Schlüssel zu weit mehr Macht im eigenen Herzen als es der Besitz von physischem Gold jemals im Außen aufzuwiegen vermag. Denn die innere Freiheit, der bewussten Wahl und Verantwortung der eignen Gedanken und Gefühle, die nur die Ursachen erschaffen, die ein Mensch auch wahrlich erleben möchte, repräsentiert die allumfassende Weisheit universaler Geistigkeit, die sich bewusst über die Materie erhebt und diese dadurch gezielt beherrscht, da im Spiegel wertfreier Selbsterkenntnis jegliche emotionalen und materiellen Abhängigkeiten enthüllt und transformiert werden", sagte die kleine Eule mit fester Stimme.

„Somit verschmelzen bei der chymischen Hochzeit eines Menschen die bewusste und unbewusste Anerkennung und Darbringung des individuellen Wesens innerhalb des Kollektivs, was sich in deren rückhaltloser Annahme der Freiheit und Verantwortung der eigenen Gedanken, Gefühle und Handlungen allumfassend zum Ausdruck bringt", überschlugen sich Gorkis Worte nun.

„Denn dieser vollkommene Seins-Zustand eines Menschen verlangt nach der Integration aller reingeistigen Wesenszüge, wobei diese in beständiger Anziehung und Abstoßung, dem bewussten Aus-der-Balance-Geratens, um wieder in diese zurückzukehren, die Harmonie der Gegensätze innerlich erzeugen, was vollendend auf geistiger und physischer Ebene in die krönende Verbindung zweier

Menschen gegensätzlichen Geschlechts mündet, deren jeweiliges Inneres sich in dualer Spiegelung im anderen vollkommen entspricht. Denn was innen ist muss außen sein", hielt die Hüterin der Weisheit bedeutungsvoll inne.

Was innen ist muss außen sein.

„Was innen ist muss außen sein, denn nichts steht je für sich allein", sagte die kleine Fee laut, während ihr Blick nachdenklich über das Wasser glitt. „Herz, Geist und den Körper, in beständiger Anziehung und Abstoßung der eigenen positiven und negativen Gefühle und Gedanken in wechselseitiger Balance auszudrücken und sich, einem Menschen, wie dem Leben in vollkommenem Vertrauen hinzugeben, stellte also den höchstmöglichen Gleichklang, menschlicher Erfahrung dar. Somit besaß der Stein der Weisen für jeden, der mit der Analogie des Goldes vertraut war, so unendlich viel mehr als nur dessen materieller Wert. Denn wer in bewusster Beherrschung die eigene Geistigkeit darbrachte, für den gab es keine Grenzen mehr", durchzuckte Amy die innere Erkenntnis wie ein Blitz.

Und plötzlich löste sich alle Spannung und Schwere, die sie ein Leben lang wie einen Panzer um ihr Herz und auf ihren Schultern verspürt hatte, während die kleine Fee von einer nie gekannten Leichtigkeit und einem unbändigen Gefühl der Freude auf alles, was vor ihr lag, erfasst wurde. Überwältigt von einer untrüglichen, inneren Gewissheit, dass sie mit jedweder Information und Erfahrung sich selbst, ihr Leben und auch die Menschen besser verstehen lernen würde, lachte die kleine Fee unter Tränen vor Dankbarkeit. Ja, denn was immer sich von nun an in ihrem Leben ereignen würde, verlor in Anbetracht ihrer reingeistigen Natur und ewigen Einheit, der sie angehörte, jegliche Bedrohlichkeit.

„Jetzt ist wirklich alles gut!", stieß die kleine Fee einen tiefen Seufzer aus. „Oh ja, Amy, es ist zwar immer alles gut, ganz gleich wie es äußerlich auch erscheint, dennoch vermag denjenigen, der diese weitreichende Einsicht im eigenen Herzen erlangt hat, nichts mehr zu täuschen", strich ihr die kleine Eule liebevoll mit ihrem schneeweißen Flügel über die Wange, während sie mit zärtlicher Stimme sagte:

Zwei Partner
einen die Instanz
vollenden ewig
inneren Glanz
der sichtbar nun
im Außen bringt
was Einheit in
ihnen bedingt.

Anfänglich meinen
Menschen hier
ihr Geist getrennt
sei völlig wirr
da deren Herzen

missverstehen
was sie beim
denken übersehen.

Doch eint sich denken
mit dem Fühlen
kann nichts mehr
ihre Liebe trügen
der Gegensatz
bringt sie als Paar
auf Erden selbst
dem Himmel nah.

„Die selbstlose Liebe, die ein Mensch bei dessen chymischer Vereinigung allumfassend verkörpert, entspringt somit einzig und allein der Eigenliebe", bedachte die Hüterin der Weisheit Amy, Fritz, Flossi, Emma und Hanne mit einem vielsagenden Blick. „Und damit decken wir sogleich wohl den schmerzlichsten Trugschluss menschlichen Leidens auf, der auf der Annahme Liebe und Anerkennung im Außen zu empfangen basiert, ohne sich diese innerlich wie äußerlich selbst zu geben."

„Aber das geht doch gar nicht! Wie sollen denn Menschen etwas von außen empfangen, was nicht bereits in ihnen vorhanden ist?", tschilpte Emma kopfschüttelnd. „Absolut, Emma! Allerdings entspringt die unbewusste Hoffnung Liebe und Anerkennung im Außen zu empfangen, die sich ein Mensch mittels mangelnder Aufmerksamkeit und beschränkender, innerer Überzeugungen stets selbst verweigert, natürlich immer der eigens verkannten, reingeistigen Natur. Infolgedessen führt erwartungsbelasteter Ausdruck, mit dem die Menschen sich selbst und einander tief verletzten, auch direkt in emotionale Abhängigkeiten und materielle Anhaftungen", stimmte Gorki dem kleinen Rotkehlchen nachdrücklich zu.

„Darum enthüllen auch jegliche Beziehungen sowie die Lebensumstände der Menschen ihre innere, geistige Ausrichtung. Solange Menschen also den inneren Krieg gegen sich selbst, in der bewussten wie unbewussten Unterdrückung ihres reingeistigen Wesens, sowie die feindliche Betrachtung des eigenen Körpers nicht beenden, gestalten sich die zwischenmenschlichen Beziehungen und Erlebnisse ebenfalls zu einem Schlachtfeld, da sich widersetzlich wertend ausgedrückte Gedanken und Gefühle niemals gegensätzlich in friedfertigen, liebevollen Erfahrungen entsprechen können."

„Sich selbst bedingungslos anzunehmen stellt somit die Grundvoraussetzung für die Fähigkeit, ein anderes Geschöpf unter bewusster Wahrung des eigenen Wesens in aller Selbstlosigkeit wirklich zu lieben, dar. Denn im Bewusstsein der Verbindung und Einheit allen Lebens wird der Schmerz eines anderen im eigenen Leiden wiedererkannt, da Wertungen wie wer, wen, wo lieben und achten sollte, nichts weiter als eine relative Wahrheit reflektiert, die ursächlich der begrenzenden Statik des eigenen Unterbewusstseins entspringt", betonte die kleine Eule in aller Deutlichkeit.

„Somit stellt das Spiel des Lebens, ein jedes geistig schöpferische Lebewesen in jedem Moment vor die bewusste wie unbewusste Entscheidung, sich frei oder begrenzend zu erfahren. Die innere Verleumdung einzelner Aspekte des eigenen Frequenzspektrums entspricht sich stets in unausgeglichenen Beziehungen wie auch in dem beständigen Bedürfnis, die eigenen Lebensumstände wie auch die anderer Menschen, kontrollieren zu wollen."

„Weiterhin führen unterdrückte reingeistige Wesenszüge nicht nur in körperliche und geistige Degeneration, sondern entsprechen sich global ebenso in der von Hass und Kriegen gebeutelten, globalen Weltbevölkerung und natürlich nicht zuletzt obendrein auch noch in der Zerstörung unseres wundervollen Heimatplaneten, Mutter Erde. „Ja, ihr Lieben, ich habe mir schon immer gewünscht einmal vor versammelter Menschheit zu sprechen, um in aller Neutralität den Schatz geistiger Schöpferkraft und universaler Weisheit mit ihnen zu teilen", schweifte Gorkis Blick sehnsüchtig einen Moment in die Ferne, worauf sich die fünf Freunde mit einem einzigen Blick wortlos verständigten.

„Also, Gorki", begann die kleine Fee, die sich unvermittelt gemeinsam mit Hanne, Emma und Fritz am Rande des Flussufers direkt neben Flossi aufstellten, der seinen

Kopf hoch aus dem Wasser streckte. „Da wir durch unser Herzbewusstsein doch gar nicht wirklich voneinander getrennt sind, stehen wir hier und jetzt nicht nur als Flossi, Hanne, Emma, Fritz und Amy, sondern ebenso als die gesamte Menschheit vor dir, Gorki, um deinem Wunsch universale Weisheit urteilsfrei zu teilen, zu entsprechen. Denn wie im Großen so im Kleinen bitten wir dich Weisheit mit uns zu teilen", ermutigte sie Amy mit einem aufmunternden Blick, hier und jetzt, direkt vor ihnen zu sprechen. Schweigend blickte die Hüterin der Weisheit aus ihren unergründlichen, hellblauen Augen von einem zum anderen, bevor sie sich geräuschvoll räusperte und mit bewegter Stimme sagte:

„Das Leben ist Liebe, ihr Menschenkinder, deren Wesen in ihrer allumfassenden Einheit grenzenlos ist. Darum liebt euch selbst wie einander mit offenem Herzen und Geist unter Wahrung eurer bezaubernden Einzigartigkeit. Im feinstofflichen Bereich eurer Herzen befindet sich der vereinte Goldschatz eurer reingeistigen Natur, der euch allgegenwärtig wie auch euer Gehirn zu dienen vermag. Die Angst in den niederen Schwingungsgraden physisch erfahrbarer Dichte in selbstloser Hingabe zu lieben entspringt der anhaftenden Furcht, das was man liebt wieder verlieren zu können."

„Doch wie kann in Anbetracht der Einheit allen Lebens jemals etwas verloren gehen, deren einzelne Aspekte ewig sind? Formen geistiger und physischer Art unterliegen naturgemäß permanentem Wandel, doch euer wahres Wesen ist allumfassend und unzerstörbar. Die Natur des Lebens ist Veränderung und diese dürft ihr lernen wieder mit weit geöffnetem Herzen und Blick zu begrüßen. Denn ihr, Menschenkinder seid geistige Schöpfer, Verwandlungskünstler der Formen, in deren Herzen die Allmacht vereinten Bewusstseins pulsiert, die ebenfalls jeglicher Lebensform innewohnt. Und darum verdient ihr es als ebenbürtige Teile der universalen Einheit wie auch jegliches andere Geschöpf in jedem Moment eures Seins einzig eurer wahren Natur wegen allumfassend akzeptiert und geliebt zu werden", rief die kleine Eule leidenschaftlich dem langsam erwachenden Morgen entgegen.

„Ja, eure Herzen schmerzen, wenn euch inneres Leid im Außen widerfährt, doch lernt daraus euch selbst wiederzuerkennen, denn jede äußere Erfahrung spiegelt immer die eigene, geistige Ausrichtung wider. Und wenn es an der Zeit ist diese Erde zu verlassen fürchtet euch nicht, denn im Augenblick, in dem sich eure reingeistige Natur von eurem Körper trennt, verschmilzt euer Bewusstseinsfunke in der liebenden Geborgenheit der Einheit, in der sich alles Existierende, eurer vereinten Natur entsprechend, wieder in multidimensionaler Gleichzeitigkeit erfährt."

„Gewiss verschwinden geliebte Geschöpfe sinnlich wahrnehmbar aus eurem Blickfeld, doch sobald ihr euch der überbewussten, vereinten Herzwahrnehmung wieder öffnet, bleibt der Kontakt aus reingeistiger Ebene zu jedem

Wesen geistig allgegenwärtig bestehen. Denn im vereinten Bewusstsein des Herzens gibt es keine wahre Trennung, da auch in der täuschenden, dualen Spiegelung nichts endgültig außer der Einheit selbst ist", sprach Gorki mit feierlich Stimme weiter.

„Jegliches menschliche Leid entspringt naturgemäß geistiger Dissoziation, das sich in der Ablehnung des eigenen Wesens aus den scheinpersönlich wertenden Überzeugungen ergibt. Denn die illusorische Täuschung, scheinbar getrennt voneinander existierender Gegebenheiten, die ursächlich individueller Eigenidentifikation entspringen, vermögen in der geistigen Vorstellung des menschlichen Gehirns diese holografische Erfahrbarkeit zu erzeugen. Doch sobald ihr erkennt und annehmt, was ihr seid, verblasst alle Furcht im Glanze des Lichts positiver und negativer Gedanken- und Gefühlskraft, dessen vereintes Frequenzspektrum euer wundervolles Wesen bildet", hielt die Hüterin der Weisheit für einen Augenblick bedächtig inne.

„Darum nehmt euch an und liebt euch selbst mit offenem Herzen, denn dadurch heilen die tiefen Wunden ignorierter Anteile in euch, wobei diese Eigenliebe gleichfalls in die Welt projiziert wird, deren positive Frequenzen vielfach zu euch zurückkehren. Denn Menschen bekommen immer genau das, was und wie sie zu geben bereit sind. Erinnert euch an die Vollkommenheit eures Wesens, die euer natürlicher Zustand ist und nicht etwas, das es mühselig zu erreichen gilt, auch wenn mit der freien Wahl stets die eigene Verantwortung einhergeht, ganz gleich in welcher Frequenz der gegensätzlichen Schwingungsspektren ihr euch darzubringen wünscht."

„Was innen ist muss außen sein besagt das Prinzip reingeistiger Ordnung, darum gilt es den äußeren Blick beständig von außen wieder nach innen zu lenken, um bewusst nur die Ursächlichkeiten zu erzeugen, die ihr auch wirklich in eurem Leben erfahren möchtet. Da dem Ausdruck und Empfang allumfassender Liebe und die eigene Beziehungsfähigkeit stets die selbstlose Annahme des eigenen Wesens und die daraus entspringende, mitfühlende Eigenliebe vorausgeht", blickte die kleine Eule in die glänzenden Augen der fünf Freunde, die sie bewegt ansahen.

„Männer können Frauen lieben, Frauen ihre Männer, aber auch beide ihresgleichen, Eltern ihre Kinder, diese ihre Geschwister, Freunde, Tiere, Pflanzen, Mineralien, Engel, Elementare, den Planten, sich selbst wie jegliche Lebensform universalen Bewusstseins, denn was auch immer ein Mensch lieben möchte, obliegt dessen wertfreiem Ausdruck", bekräftigte die kleine Eule.

„Und dennoch gilt es eines für die Menschheit vorbehaltlos zu akzeptieren und zwar, dass alles Leben, beginnend aus der ursächlichen, reingeistigen Einheit über die geistige und körperliche Ebene naturgemäß in dualer Spiegelung aus der Vereinigung der Gegensätze hervorgeht. Denn wie sonst als in stetiger Anziehung und Abstoßung männlicher und weiblicher Schwingungsfrequenzen, die einander bis in alle Ewigkeit ausnahmslos bedingen, sollte unser aller vereinter Natur, der ursächlichen Einheit universalen Bewusstseins zufolge, Leben auch anders entspringen?!", verbeugte sich die Hüterin der Weisheit andächtig vor Fritz, Emma, Hanne, Amy und Flossi, womit ihre beherzte Rede beendet war.

Sekundenlang war kein Geräusch außer dem Plätschern des vorüberfließenden Flusses zu hören, bis die fünf Freunde jubelnd in überschwänglichen Applaus ausbrachen und sich ebenfalls in tiefer Verbundenheit vor der großen, kleinen Eule verneigten, in deren leuchtenden Augen es sichtlich berührt schimmerte.

„Ihr habt mir gerade einen großen Traum erfüllt, ihr Lieben", bekannte Gorki in aufrichtiger Dankbarkeit. „Wisst ihr was? Ich habe nie daran gedacht einfach frei herauszusprechen, doch hier und jetzt, war genau der richtige Moment, da es Weisheit nur mit denen zu teilen gilt, die darum bitten. Denn bevor ein Mensch innerlich für die universale Weisheit bereit ist bleiben Herz und Geist, Augen und Ohren deren Erkenntnis verschlossen."

„Und in diesem Verständnis obliegt es unserer Verantwortung niemals einem anderen Menschen weder Wissen noch Weisheit oder persönliche Werturteile aufzudrängen, da dies nur den Wunsch nach Anerkennung des eigenen, wertenden Ausdrucks widerspiegelt. Denn wie auch wir nicht in unserem Denken, Fühlen und Handeln beeinflusst werden möchten, dürfen wir anderen ebenfalls in diesem Respekt begegnen, auch wenn dies heutzutage auf Erden unter den Menschen noch ganz anders aussieht." „Gleichwohl ein jeder Augenblick, das Wunder eines neuen Anfangs, in sich birgt", strahlte die Hüterin der Weisheit ihre Freunde glückselig an.

Das Wunder eines neuen Anfangs.

„Doch Wunder können erst geschehen, wenn lässt der Mensch Begrenzung gehen", sah sich die kleine, schneeweiße Eule verschmitzt um. „Wie meinst du das, Gorki?", hakte Hanne neugierig nach.

„Weißt du, Hanne, sobald Menschen die innerlich selbstbegrenzenden Gedanken und Gefühle als ebenbürtige Anteile ihrer allumfassenden, reingeistigen Natur anerkennen und in bewusster Akzeptanz wieder dem eigenen Wesen zuführen, stößt diese Veränderung ebenfalls auf körperlicher Ebene einen Transformationsprozess an, bei dem ebendiese Inhalte aus der aktiven Matrix nun in die passive Matrix verschoben werden. Demnach wandern alle bewusst von einem Menschen als wertfrei akzeptierten Erfahrungen automatisch auf feinstofflicher Ebene aus der aktiven Matrix abschließend in den ewigen Speicher vergangener Erfahrungen, die wir die scheinpersönliche Akasha Chronik oder Weltenseele nennen, ganz wie es euch beliebt", antwortete die Hüterin der Weisheit gewissenhaft.

„Allerdings muss zunächst jede geistig neu erlangte Freiheit der universalen Ordnung zufolge auch auf körperlicher Ebene losgelöst werden, was je nach Intensität

des Gefühls und dem Grad an Einfluss der jeglicher Überzeugung, gedanklich anhaftet, im inneren Transformationsprozess sich in unterschiedlich auftretender, geistiger
und körperlicher Symptomatik zuerst bemerkbar macht,
bevor sich die neue Schwingungsfrequenz im Erleben eines Menschen erfahrbar entsprechen kann", beschrieb ihnen Gorki weiter.

„Das bedeutet also für die Menschen, dass alle ausgedrückten Gedanken und Gefühle nicht nur ihr unmit-
telbares Erleben erzeugen, sondern sich in erster Instanz
innerhalb ihrer Körperlichkeit entsprechen, oder Gorki?",
wiederholte die kleine Fee bedächtig.

„Absolut, Amy, alle Gedanken und Gefühle die Menschen aus ihrem Herzen und Geist durch den körpereigenen Magnetismus erzeugen, deren Lebensenergie von der
Schilddrüse über den Blutkreislauf im gesamten menschlichen Organismus verteilt wird, wirken natürlich ganz besonders auf die Organe und Zellen ein, welche mit dieser
positiven wie negativen Schwingungsfrequenz direkt über-
einstimmen."

„Demzufolge verfügen die Menschen über die allmächtige Fähigkeit sich ebenso gesund wie krank zu denken und zu fühlen, was je nach Intensität der anerkannten
Überzeugungen zuerst einmal für plötzlich auftretende,
heftige, körperliche Reaktionen sorgen kann, sobald sich
diese auf feinstofflicher Ebene aus der aktiven Matrix des

menschlichen Unterbewusstseins lösen", informierte sie die kleine Eule weiter.

„So oder so ist der Prozess der eigenen Bewusstwerdung anfangs stets mit Herzensleid und auch geistigem Schmerz verbunden. Denn die alles verändernde Erkenntnis, welche weitreichenden Auswirkungen die selbstbeschränkenden Wertungen im eigenen Leben wie dem der anderen verursacht haben, vermag je nach Grad und Schwere, das eigene Wesen schockartig zu erschüttern."

„Infolgedessen geht jegliche geistige Transformation naturgemäß mit einer körperlichen Reinigung einher, deren auftretende Symptome die Menschen irrtümlicherweise meist als Krankheit missdeuten, der geistig und körperlich innerlich wie äußerlich stets die selbsterlösende Befreiung und Heilung folgt. Und wenn dann die Wunden eines Menschen zu heilen beginnen, sorgt dieser innerlich erweiterte Blickwinkel dafür, dass sich das Wunder eines jeden geistigen Neuanfangs auch in der physischen Erfahrbarkeit eines Menschen entspricht", schlug die Hüterin der Weisheit beschwingt mit ihren Flügeln.

„Somit ist der innerliche und äußerliche Wandel eines Menschen eigentlich mit dem direkten Gang durch die Hölle, den dunklen Abgründen des eigenen Unterbewusstseins, zu vergleichen, bevor diese in wiedervereintem Wesen in das glänzende Licht der Sonne hervortreten. Und in dieser zurückerlangten Einheit, die mit einem unerschütterlichen Urvertrauen einhergeht, erheben sich Menschen jeglichen Alters in der Bewusstheit der Gegenwärtigkeit mit Freude und Leichtigkeit über jegliche Einschränkungen der eigenen Körperlichkeit wie auch der Materie, indem sie in bewusster Wahl ihrer Gedanken und Gefühle, die sie stets in gezielter Ausrichtung ihrer wechselnden Wahrnehmungsformen darbringen, nach den eigenen, inneren Wünschen ihr Erleben erschaffen. Und ein solch hochfrequenter Bewusstseinsanstieg sorgt gleichfalls dafür, dass alle auf Erden lebenden Geschöpfe und natürlich auch das planetare Bewusstsein unserer geliebten Mutter Erde in allumfassender Verbundenheit mit angehoben werden", wiederholte Gorki bedächtig.

„Darum sind alle positiven und negativen Erfahrungen, die stets einzelne Aspekte des gesamten universalen Schwingungsspektrums verkörpern, von höchstem Wert, da sich duales Erleben allein aus der Möglichkeit in eigener Wahl Unterscheidungen zu treffen ergibt. Denn wie anders als in gegensätzlicher Erfahrung sollte ein Mensch lernen das innere Gleichgewicht innerhalb der eigenen Körperlichkeit wiederzufinden, um dabei in hingebungsvoller Selbstlosigkeit mit der eigenen Einheit zu verschmelzen, wenn diese nicht auch innere und äußere Disharmonien am eigenen Leibe erfahren hätten?"

„Darum stellen Schuld, Scham, Schmerz und Zweifel, wie auch Freiheit, Freude, Hoffnung, Glaube und Unschuld ebenso wie jegliche positive und negative Gedanken und

Gefühle in ihrer absoluten Gegensätzlichkeit ausnahmslos gleichwertige Aspekte der allumfassenden reingeistigen Natur eines jeden Menschen dar", betonte die Hüterin der Weisheit erneut.

„Somit dürfen die Menschen dem eigenen Wesen wie auch einander wieder urteilsfrei begegnen lernen und in diesem Verständnis sich selbst und anderen aufrichtig jeden innerlich wie äußerlich erfahrenen und verursachten Schmerz verzeihen, da nun mal alle Wesen und Erfahrungen ebenbürtige Aspekte des universalen Frequenzspektrums darstellen. Auch Mutter Erde, das Tier, Pflanzen, Mineral- und Elementarreich vergeben den Menschen in unerschütterlichem Urvertrauen immer wieder aufs Neue ihre geistig unbewusst zum Ausdruck gebrachten Eskapaden, welche das kriegerische, gewalttätige Chaos weltweit hervorbringen, das ursächlich der Abspaltung reingeistiger Wesenszüge entspringt."

„Folglich ist es nun an den Menschen in der Anerkennung ihrer universalen Natur die Freiheit und Verantwortung für die Wahl der eigenen Gedanken, Gefühle und Handlungen wie auch deren Auswirkungen vorbehaltslos anzunehmen", sagte die kleine Eule sanft.

„Zwar vernetzen sich tatsächlich Gruppierungen, deren Zusammenwirken in einem weltweiten Komplott permanenter Manipulation, Machtmissbrauch, Unterdrückung, entarteter zwischenmenschlicher Beziehungen sowie im völligen Ungleichgewicht der Verteilung materieller Güter den Menschen die Verstümmelung ihrer vorherrschenden Geisteshaltung in äußerer Entsprechung wiederspiegeln. Doch so wie jeder Mensch am globalen Durcheinander eigenen Anteil trägt, obliegt es deren schöpferischer Allmacht in jedem Moment ihres Seins in der eigenen Bewusstwerdung alles selbst verursachte Leid zu beenden."

„Denn das innere Bedürfnis, sich über andere zu erhaben, sich verteidigen oder gar vergleichen zu wollen, entspringt immer dem Verlangen nach Anerkennung der eigenen, wertenden Überzeugungen. Somit können wir den menschlichen Wunsch nach Selbsterhöhung stets mit einem minderwertigen Selbstwertgefühl, welchem mangelnde Eigenliebe, Selbstvertrauen und Akzeptanz zu Grunde liegen, da äußere Feindbilder auf die innerlich am stärksten unterdrückten Wesenszüge des eigenen Frequenzspektrums hinweisen, verbinden."

„Darum gilt es für die Menschen in aller Neutralität kontinuierlich die wertenden Überzeugungen auf ihre Gültigkeit hin zu überprüfen, denn was gerade eben noch war, vermag im permanenten Wandel innerer Entwicklung bereits im nächsten Moment aus einem veränderten Blickwinkel, eine völlig neue Bedeutung erhalten", schmunzelte die kleine Eule wissend.

„Erfahrungen sind somit immer individuell und zu dieser Einsicht darf ein jeder Mensch völlig eigenständig ohne äußere Einflussnahme gelangen. Denn auch jeder noch so gut gemeinte Ratschlag, welcher ohne Bitten durch andere erfolgt, spiegelt nichts weiter als die innerlich verleugneten Gedanken, Gefühle und Handlungen wie auch die wertenden Überzeugungen eines Menschen wieder, deren übergeordnete Auswirkungen diesen in der manipulativen Bevormundung der Weltbevölkerung wiederbegegnen. Somit dürfen Menschen einander ihre jeweils schöpferischen Lernerfahrungen in den verschiedenen Phasen ihrer Bewusstwerdung urteilsfrei zugestehen, da jeder selbst ausschließlich die Ereignisse ins eigene Erleben zieht, die deren Innerem entsprechen."

„Und dies kann auch von einem Menschen verlangen, schweigend dabei zusehen zu müssen, wie sehr sich ein anderer verletzt, ohne dies zu erkennen, da das Herz erst dann der Erkenntnis geöffnet ist, wenn es bewusst dafür bereit ist, indem ein Mensch um Hilfe bittet", erklärte Gorki mit unermüdlicher Hingabe weiter.

„Denn solange Menschen noch der selbstverleugnenden Illusion äußerer Geschehnisse und der Materie anhaften degradieren diese aus der geistigen Täuschung heraus ihren universalen Wesenskern. Erwachen die Menschen allerdings in der bewussten Einsicht, dass Erfahrungen stets einzelne, wertfreie Möglichkeiten der Einheit, der sie angehören, verkörpern, schwindet dagegen die Vorstellung vermeintlichen Wettbewerbs wie auch die scheinbare Ungleichheit. Deshalb kann einem zu wenig an Liebe, wie es der Ausdruck des negativen Schwingungsspektrums in der Erfahrung eines Menschen im Mangel an Eigenliebe, Selbstannahme und Bewusstsein vorsieht, naturgemäß auch nur im eigenen positiven Ausgleich entsprochen werden, was zur inneren Vereinigung der Gegensätze führt", war die Hüterin der Weisheit nun nicht mehr zu bremsen.

„Darum können Menschen auch nur Veränderungen in sich und dieser Welt bewirken, wenn sie innerlich zu diesen werden, da sich im äußeren Erleben allein das entsprechen kann, was im Inneren bereits vorhanden ist. Und dies verlangt von den Menschen, sich in aller Offenheit und Verletzlichkeit mit Herz und Geist völlig ihrer reingeistigen Natur hinzugeben und alle Aspekte der vereinten, universalen Liebe in absoluter Annahme, frei jeglicher Angst und Scham in dualer Selbsterfahrung nach Belieben im Bewusstsein der eigenen Verantwortung individuell auszudrücken."

„Die Menschen dürfen einander vertrauensvoll die Verantwortlichkeit für das eigene Leben zugestehen, da sich im Bedürfnis, einen andern bewusst wie unbewusst in vorbestimmte, meist selbstdienliche Richtung zu lenken, nichts als die Ablehnung der Verantwortung für das eigne Denken, Fühlen und Handeln offenbart. Demnach weisen in dualer Spiegelung Schuldzuweisungen auch immer auf die eigenen Schuldgefühle hin, die ausnahmslos der mangelnden Integration bewusst wie unbewusst unterdrückter reingeistiger Wesenszüge entspringen", ermahnte sie die kleine Eule.

„Ja, ihr Lieben, die Menschen dürfen lachen, weinen, schreien, singen, tanzen, schweigen, sich fürchten, vertrauen, zweifeln, hoffen, glauben, alle einzigartigen Aspekte der Liebe in dualer Selbsterfahrung in freier Wahl und Verantwortung zelebrieren."

„Allerdings ist es höchste Zeit bewusst das global herrschende Chaos, das dem wertenden wie verleugneten Ausdruck des menschlichen Unterbewusstseins entspringt, in absoluter Wertfreiheit, als fatale Auswirkungen der Ignoranz, der eigenen, ursächlichen Natur, allumfassend zu begreifen. Denn die Nachfahren der einstmaligen Hochkultur die vor Jahrtausenden den endlichen Pol ihrer positiven Ausdrucksmöglichkeiten erreichten, was der universalen Ordnung zufolge unweigerlich die gegensätzliche Erfahrbarkeit aktivierte, steuert derzeit völlig unbedarft, auf ihre endgültige Zerstörung zu", blickte Gorki in die mitfühlenden Gesichter ihrer kleinen Freunde.

„Es ist niemals zu spät das eigene Herz zu öffnen und sich selbst im Spiegel dualen Erlebens zu erkennen. Menschliche Wesen sind geistige Schöpfergötter, die in jedem Moment ihres Seins aktiv durch eine bewusste Ausrichtung des eigenen Herzens und Geistes in jegliche Geschehnisse verändernd einzugreifen vermögen. Denn alles woran Menschen glauben, und keinerlei unterbewusste Überzeugungen diese Entsprechungen blockieren, manifestiert sich in deren Erleben. Offene Herzen sind furchtlos, ihr Lieben, denn sie wissen um ihr wahres Wesen, gleichgültig wie beunruhigend sich auch immer die äußeren Geschehnisse offenbaren mögen."

„Denn so wie Erkenntnis und Furcht dual der Vorstellung eines Menschen entspringen, wirft das Licht hinter sich auch Schatten. Darum schwindet jede Dunkelheit auch immer wieder aufs Neue mit dem ersten Lichtstrahl eines jeden heranbrechenden Morgens. Wir möchten der heutigen Menschheit unser volles Vertrauen und Hilfe aussprechen, da die persönliche Wahl, was jeder Einzelne von ihnen in Herz und Geist für möglich hält, fortan darüber mitbestimmt, was zukünftig auf Erden und übergeordnet geschieht", strahlte die kleine Eule zuversichtlich Hanne, Emma, Fritz, Flossi und Amy aus ihren leuchtend blauen Augen an.

Wortlos umfassten die fünf Freunde und die Hüterin der Weisheit einander an Flossen, Flügeln, Händen und Krallen, wobei sie gemeinsam einen Kreis bildeten, der Himmel und Erde in ihre Einheit miteinschließend, verband. Und plötzlich ging die Sonne auf, deren goldener Glanz über dem Fluss den neuerwachten Morgen verkündete. Und in dieser vollendeten Vereinigung erhoben die Hüterin der Weisheit und die Hüter der Menschenkinder, feierlich ihre Stimmen und begrüßten mit ihrem Gesang, freudig das aus der Dunkelheit auferstandene Licht des neuen Tages:

Der Himmel ist
voll lichter Wesen

schon immer sind
sie da gewesen
auch wenn ihr Antlitz
bleibt verborgen
sind sie stets da
für uns zu sorgen.

Wir sind das Licht
in dieser Welt
und leuchten wie
es uns gefällt
so einzigartig
unser Wesen
egal was sagt des
Scheines These.

Wir lieben uns
so wie wir sind
von Kopf bis Fuß
ein jedes Kind
die aus dem Lichte
sind geboren
und selbst im Tode
nie verloren.

Die Freiheit ist
der Menschen Gut
doch sie zu leben
fordert Mut

in einer Welt
dualer Triebe
gibt es als Antwort
nur die Liebe.

„Diese Welt ist immer nur solange dieselbe, bis die eigene Perspektive sie verändert, denn im dualen Erleben ist alles möglich, was ein vereintes Herz für möglich hält", nickte die Hüterin der Weisheit Amy, Fritz, Emma, Hanne und Flossi in inniger Verbundenheit zu.

Und wie aus dem Nichts erklang auf einmal die wundervolle Melodie einer Flöte, die direkt aus den Wipfeln des alten Wunschbaumes zu ihnen hinüberdrang. „Ist das etwa das Menschenkind?", löste sich Amy abrupt aus ihrem Kreis, worauf Gorki ihr lächelnd zunickte. „Ja, worauf warten wir dann noch?", lachte die kleine Fee befreit, während sie mit klopfendem Herzen auf den Baum der Wünsche zu rannte.

Danksagung

Ich danke allen, die mit ihrer allumfassenden
Liebe und Weisheit zu der Entstehung dieses
Buches beigetragen haben, ganz besonders meiner
Familie und Freunden, Tony, Elena und Gordana,
die mich unermüdlich darin bestärkt haben,
vertrauensvoll meinem Herzensweg zu folgen.
Danke ihr Lieben, ich liebe euch.

Autorenprofil

Informationen zu meiner Person finden
Sie unter *www.tanja-kraus.de*